엄마라고 불러줘서 고마워

옮긴이 **황혜숙**

번역은 단순히 언어를 옮기는 것이 아니라 문화를 옮긴다는 마음가짐으로 작업에 임하는 번역가. 건국대
학교 일어교육과를 졸업하고 뉴질랜드 오클랜드 대학에서 언어학 석사를 취득했으며 번역 에이전시 엔
터스코리아의 출판기획 및 일본어 전문 번역가로 활동 중이다. 주요 역서로 《엄마들은 절대 따라할 수 없
는 아빠의 말》《오래 앉는 아이》《마음을 울리는 36가지 감동의 기술》《처음부터 말 잘하는 사람은 없다》
《지루하게 말해 짜증나는 사람, 간결하게 말해 끌리는 사람》《고양이 푸짱의 맛있는 연애》《우리 개 성격
별 맞춤훈련》《수족관의 비밀》 등 다수가 있다.

「**Mama**」 to Yondekurete Arigatou
Copyright © 2012 by Mika Sugimoto
All rights reserved.
First published in Japan 2012 by Gakken Education Publishing Co., Ltd., Tokyo
Korean translation rights arranged with Gakken Education Publishing Co., Ltd.
through Shinwon Agency Co.

자폐증 아들을 ABA로 치료한 엄마의 감동 실화

엄마라고 불러줘서 고마워

스기모토 미카 지음
황혜숙 옮김 | 한상민 · 박미성 감수

에듬아카이브

이 책은 ABA 치료가 무엇인지,
그리고 구체적으로 이 치료가 실전에서 어떻게 적용되는지,
한 가정에서 부모님들이 ABA 치료를
어떻게 적용할 수 있는지, 알려주고 있습니다.

– 추천사 중에서 –

※일러두기

    – 의학 전문용어는 국내에서 사용하는 용어를 기재했다.
    – 아이의 나이는 월령(月齡)으로 병기했다.

ABA 치료 전문가의 한 사람으로서,
그리고 같은 장애 아동 부모로서
이 책의 출판이 더없이 반갑습니다

인생이란 참 알 수 없는 것이지요. 둘째 아들의 자폐 진단을 받은 육 년 전 5월 어느 날, 우리 가족의 삶은 한순간에 바뀌었습니다. 먼 나라, 남의 일로만 여겨졌던 '자폐'와 '장애'라는 것이 그날 이후 온전히 우리 가족의 중심이 되었습니다. 수많은 불안과 공포와 한숨 그리고 절망. 그동안 우리 가족에게 벌어졌던 여러 일들은 아마 이 책을 읽을 다른 부모님들도 똑같이 겪었거나 겪고 있는 일일 것입니다. 돌이켜보면 너무 가슴이 아프니까, 그래서 애써 잊고 싶었던 그 기억의 편린들이 이 책을 읽는 내내 떠올랐습니다.

지금도 그렇지만 당시에도 표준이라고 할 만한 자폐 치료법은 존재하지 않았습니다. 그래서 다들 귀동냥으로, 혹은 인터넷에 떠도는 정보에 기대어 치료 계획을 세우고 아이의 손을 이끌며 다녔지요. 다행히 헌신적인 치료사들을 많이 만났습니다. 하지만 그것만으론 제가 선택한 치료법이 최선이라고 장담할 수 없었습니다. 이것이 제가 본격적으로 이 세계를 공부하게 된 동기였고, ABA에 발을 담그게 된 계기였습니다.

정보통신기술이 눈부시게 발달하면서 치료 정보에 대해 좀 더 손쉽게 접할 수 있는 세상이 되었습니다. 덕분에 ABA 치료가 자폐 치료에 가장 효과적이고 체계적이라는 것도 조금씩 많은 사람들에게 알려지기 시작했습니다. 하지만 안타깝게도 그 이상의 구체적이고 실질적인 ABA 치료의 내용을 알기는 쉽지 않습니다. ABA 치료 전문가나 교육기관을 수소문해보면 그 숫자가 턱없이 모자라다는 걸 이내 깨닫게 됩니다.

전문가를 통하지 않고도 ABA 치료를 이해할 수 있으면 좋으련만, 한글로 된 관련 서적이 부족한 것도 사실입니다. 그래서 여전히 ABA 치료 자체를 모르는 사람이 더 많고, 설령 ABA 치료에 대해 들어본 사람들조차 구체적으로 그게 무엇이며, 어떻게 적용되는지 이해하기가 쉽지 않습니다. 그것이 지금의 ABA 치료 확산을 더디게 하는 이유인지도 모르겠습니다.

앞으로 몇 년 뒤면 지금보다는 훨씬 나은 상황이 될 것입니다. 하지만 늘 아쉬운 것은 바로 지금 당장이지요. 오늘도 직접 ABA 치료를 배우고 싶어 하는 열정적인 부모님들이 등장하고 있고, 이 책을 읽는 독자도 아마 그중의 한 사람일 겁니다.

이 책이 갖고 있는 미덕은 바로 그런 사람들에게 실질적인 도움이 될 만한 내용이 가득하다는 점입니다. 처음 이 책을 읽었을 때 ABA 치료에서 다루는 내용들이 고스란히 들어 있어서 깜짝 놀랐습니다. 비록 수기 형식의 글이지만 그 어떤 전공서에 뒤지지 않을 만큼 핵심적인 이론들 ― 강화제 선택, 강화 방법, 대체행동전략, ABC 기록법, 과제 분석, 언어 발화, 변별 훈련, 배변 훈련 등 ― 을 정말 이해하기 쉽게, 그리고 구체적으로 다루고 있습니다.

물론 이 책의 내용이 ABA 치료만 다룬 것은 아니며, 이 책을 읽었다고 해서 ABA 치료를 온전히 이해했다고 할 수도 없습니다. 그러나 이 책은 적어도 ABA 치료가 무엇인지, 그리고 구체적으로 이 치료가 실전에서 어떻게 적용되고 있는지, 안내서 역할을 충분히 수행하고 있습니다. 또한 가정에서 부모님들이 ABA 치료를 어떻게 적용하면 되는지도 알려주고 있습니다. ABA 치료가 만능은 아니지만, 적어도 누구나 스스로 한 번쯤 시

엄마라고 불러줘서 고마워

도해볼 만한, 가장 가까이 있는 중재 방법임에는 틀림없습니다.

　ABA 치료 전문가의 한 사람으로서, 그리고 같은 장애 아동 부모로서 이 책의 출판이 더없이 반갑습니다. 오늘도 힘든 하루를 겪고 있는 부모님들에게 도움이 되기를 희망합니다. 여러분을 응원합니다.

눈앞의 절망은 받아들이되,
무한한 희망만은 결코 잃지 말아야 한다.
– 마틴 루터 킹 주니어 –

한상민
미국 행동분석전문가, 서울ABA연구소장

발달장애 아동을 둔 부모들도
아이들을 위해 할 수 있는 일이 많습니다

한국 독자 여러분 안녕하세요?

이번에 이 책을 한국에서 출판하게 되어 대단히 기쁘게 생각
합니다. 한국 출판을 앞두고 가장 궁금할 아들, 다로의 근황을 알
려드리고자 합니다.

아들 다로는 현재 만으로 여덟 살, 초등학교 2학년입니다. 늘
밝고 효심이 깊은 아이로 성장하고 있습니다. 초등학교에 들어
가서는 줄곧 일반 학급에서 공부를 하고, 수업이나 등하교 때도
전혀 보호자를 동반할 필요가 없을 만큼 발전했습니다.

다로는 장래에 과학자가 되어 노벨상 받는 꿈을 가지고 있습니다. 그 꿈을 향해 영어 공부도 열심히 하고 과학 책도 많이 읽습니다. 또 과학 전문학교에서 흰색 가운을 입고 정기적으로 실험을 하거나 발표할 기회를 손꼽아 기다리곤 합니다.

사회성은 지금도 순조롭게 발달 중입니다. 같은 반에 친한 친구도 생겼고 아이들끼리 자주 왕래하며 놀곤 합니다. 이렇게까지 다로가 성장할 수 있었던 것은 어릴 때부터 사람들과 많이 접하면서 사회성을 기른 덕분이라고 생각합니다.

한동안 평화로운 날이 지속되었지만 사실 다로와 저희 가족은 지금 또 다른 높은 장벽에 부딪혔습니다. 석 달 전에 다로가 시각인지장애 진단을 받았기 때문입니다.

초등학교에 순조롭게 입학했지만, 1학년 말에 선생님이 칠판에 쓴 글씨를 공책에 제대로 받아쓰지 못하는 일이 있었습니다.

일본어에는 히라가나, 가타가나, 한자, 영어, 숫자와 같은 여러 가지 문자를 사용합니다. 지금 돌이켜 생각해보면 어릴 때부터 문자 학습을 어려워했습니다. 숫자는 잘 쓰는데 히라가나를 필사하지 않고 혼자 쓰는 것을 굉장히 힘들어했습니다. 그래서 몇 년간 ABA 치료를 통해 선을 강렬한 색으로 바꾸고 "처음의 막대기는 옆에서부터"라는 식으로 청각으로 들려주면서 가르쳐보았습니다. 힘은 들었지만 다행히 글자를 익혀 초등학교에 보낼 수 있었습니다. 그러나 온갖 방법을 다 써도 획수가 많은 한자 같은 글자는 좀처럼 쉽게 익히지 못했습니다.

결국 다로는 문자를 읽는 데는 별 어려움이 없으나 쓰는 데 문제가 있다는 사실을 깨달았습니다. 잘 읽는데 쓰지 못하는 것이 이해가 안 갔었는데 의사 선생님으로부터 읽기와 쓰기를 주관하는 뇌의 회로가 별개라는 이야기를 듣고 이해했습니다.

한자를 잘 못 외우고 글자를 잘 못 쓰면 학습 이해도가 높아도 시험에서 제 실력을 발휘할 리 없습니다. 이해하는데도 글로 쓰지 못한다는 사실은 자신에게도 스트레스지만 모든 교과목, 장래의 직업 선택에도 영향을 주는 심각한 문제라고 생각합니다.

앞으로는, 다로의 자신감을 지키고 학교 공부를 따라가기 위해서라도 전문 기관의 선생님들과 상의하여 일찌감치 태블릿 PC 같은 IT 기기 사용법을 익히게 하려고 합니다. 그리고 학교 측과 상의해서 수업 때 사용할 수 있도록 할 예정입니다.

언제 자폐증을 걱정했었나 싶을 만큼 마음을 놓았었는데……. 다로에게 발생한 새로운 장애는 부모로서 너무나 마음이 아픕니다. 그래도 24개월 때 자폐증 진단을 받았을 때만큼 절망스럽지는 않습니다. 아이에게 어떤 장애가 있다고 해도 우리에게는 멈추어 설 시간이 없습니다. 한 걸음이라도 앞으로 나아가려면 어떻게 해야 할지 고민하고 시도해 방법을 찾아가는 것이 아이를 돕는 길이라는 것을 잘 알기 때문입니다. 오 년 넘게 아들 다로와 쌓아온 경험이 깨우쳐준 진실입니다.

다로의 특성은 누구보다도 엄마인 제가 잘 알고 있습니다. 포기하지 않고 새로운 어려움도 극복해나갈 생각입니다.

ABA가 만병통치약은 아니지만 일찌감치 이 방법을 알게 된 것이 천만다행이라고 생각합니다. 지금도 ABA에서 배운 것을 가정학습이나 일상생활에서 실천하고 있습니다.

발달장애 자녀를 둔 한국의 부모님께

자녀 때문에 불안하고 괴롭겠지만 부디 희망을 버리지 마시기 바랍니다. 우리, 발달장애 아동을 둔 부모들도 아이들을 위해 할 수 있는 일이 많이 있습니다. 물론 아이마다 치료교육의 효과는 차이가 큽니다. 하지만 하나하나 과제를 해결함으로써 아이는 더 많은 것을 할 수 있고, 조금이라도 더 편하게 살 수 있는 능력을 개발할 수 있습니다.

이 책을 읽고 새로운 희망으로 나아가는 계기가 되었으면 하는 바람입니다.

끝까지 읽어주신 분들께 감사의 마음을 전하며 ⋯⋯.

2014년 여름
스기모토 미카

CONTENTS

우리 가족처럼 고민하는 가족들에게
희망이 되기를

기다리고 기다리던 큰아이의 출산은 수많은 병력을 지닌 나에게는 지극히 위험한 일이었다. 다행스럽게도 아들 다로는 무사히 태어났고, 커가는 모습을 지켜보는 나날들은 행복으로 가득했다. 하지만 한 해가 지나면서 상황이 조금씩 달라지기 시작했다. 다로는 겨우 몇 마디 하던 말도 잊어버렸고 더 이상 어른들이 하는 행동이나 말을 따라 하지도 않았다. 그뿐만 아니라 하루에도 몇 번이나 심한 분노발작을 일으켰다.

다로는 말 한마디 하지 못한 채 24개월이 되었고 결국 '전반적 발달장애(Pervasive Developmental Disorder, 미국 정신의

학회에서 발간하는 '정신장애 진단 및 통계편람 4판 [DSM-IV-TR] 에 기준하여 분류한 정신 질환으로 자폐증, 아스퍼거 증후군, 비정형 자폐증, 아동기 붕괴성 장애, 레트 증후군이 포함되는 넓은 범주의 명칭임. 최근 DSM-5에서는 이 명칭을 폐기하고 자폐스펙트럼장애 [Autism Spectrum Disorder, ASD]로 변경했으므로 현재는 발달장애, 전반적 발달장애 등의 용어 대신 '자폐스펙트럼장애'로 통일하여 부르기도 함-감수자), 중등 지적장애에다 자폐 성향까지 있다는 진단을 받고 말았다.

소중하기 그지없는 내 아이에게 장애가 있다는 말을 들었을 때 얼마나 큰 충격을 받았는지. 우리 부부에게는 너무나 감당하기 어려운 시련이었다. 그런 상황에서 위험천만한 둘째 아이의 출산이 다가오자 '단 한마디라도 좋으니 아들이 말을 하게 할 수

엄마라고 불러줘서 고마워

는 없을까?' 하는 마음이 더욱 간절해졌다. 한 치 앞을 내다볼
수 없는 불안 속에서 나는 필사적으로 아들 다로를 맡길 곳을
찾기 시작했다. 여기저기 수소문해서 찾아다니고 인터넷에서
다양한 정보를 수집하던 중, 미국에서 자폐 아동의 주된 치료법
으로 활용한다는 ABA(Applied Behavior Analysis, 응용행동분석)
를 알게 되었다.

　ABA에 관해 전혀 아는 게 없는 내가 스스로 아이를 치료해야
한다니, 처음에는 말도 못 하게 불안했고 갈등도 있었다. 하지
만 시간은 기다려주지 않기에, 결국 나는 지푸라기라도 잡는 심
정으로 스스로 공부해가면서 아들을 치료하기로 결심했다.

　치료를 시작하고 첫 6개월 동안은 분노발작과 성장이 서로 줄
다리기를 하는 듯했다. 하지만 그 기간이 지나자 아주 조금씩이

긴 하지만 인지하는 능력이 생기기 시작했다. 치료를 시작하고 한 해가 흐른 39개월 무렵부터는 부족하나마 다른 사람과 대화할 수 있게 되었고 마침내 우리 아들은 치료를 마칠 수 있었다.

발달장애 아동이 가진 문제는 각자 다 달라서 똑같은 ABA 치료법을 써도 효과가 다르게 나타난다. 따라서 이 치료법이 모든 아이의 문제를 해결할 수 있는 것은 절대 아니다. 이 점을 미리 말해둔다.

이 책을 읽는 독자 중에는 예전의 우리 가족처럼 '아이가 발달장애 진단을 받았는데 앞으로 이 아이를 어떻게 길러야 하나?', '지금 이 아이를 위해 무엇을 해줄 수 있을까?' 하고 고민하는 가족도 있을 것이다.

그들에게, 나는 실제로 ABA 조기 치료를 실천한 부모 중 한 사람으로서 우리 가족이 경험한 것을 알려주어, 아이들의 장래에 조금이라도 희망을 줄 수 있기를 바란다.

2012년 가을
스기모토 미카

탄생

위험한 출산을
극복하고

생후 12개월

"엄마."
"응? 다로, 지금 엄마라고 했니?"
오랫동안 꿈꾸던 순간은 어느 날 갑자기 찾아왔다.
생후 11개월을 막 지난 다로는 엉금엉금 기면서 내 뒤를 졸졸 따라다녔다.
그러다가 불현듯 사랑스러운 목소리로 나를 불렀다.
얼마 안 있어 남편도 '아빠' 소리를 듣게 되었다. 아아, 이 얼마나 달콤한 목소리인가?
아이들은 일부러 가르쳐주지 않아도 이렇게 자연스레 말을 배우는구나.
나는 기쁨에 넘쳐 일가친척들에게 보내는 연하장에
다로가 말을 하기 시작했다는 소식을 전했다.

활짝 핀 벚꽃을 배경으로 스물세 살의 내가 바람에 휘날리는 머리를 한 손으로 쓸어 올리며 웃고 있다.

사진을 받아든 어머니의 손이 가늘게 떨렸다.

"미카야, 정말 이 사진을 네 영정 사진으로 쓰겠다는 말이니?"

"네, 엄마. 보세요. 옛날에 찍은 사진이라서 젊고 피부도 팽팽하잖아요. 자손들에게 남길 사진 한 장이니까 이 정도 나이는 속여도 괜찮을 거예요."

나는 너스레를 떨었지만, 어머니의 한숨을 막을 수는 없었다.

아이를 낳는 일이 목숨을 걸어야 하는 일이라는 말을 자주 들었다. 하지만 솔직히 이렇게까지 각오가 필요할 줄은 꿈에도 몰랐다.

2006년 겨울, 방 여기저기에 아직 뜯지도 않은 육아용품이 즐비하다. 조금만 더 있으면 예비 엄마가 아니라 진짜 엄마가 된다. 임신한 이후 두 번이나 절박유산이 될 뻔했지만, 무사히 안정기에 접어들었고 드디어 출산 준비를 하는 단계에 이르렀다. 기쁨으로 가슴이 벅찼다.

두 해 전에 결혼한 남편 준은 자연분만에 동참하고 싶어 해서 휴일이면 병원에서 개최하는 예비 엄마 아빠 수업에 열심히 다니곤 했다. 병원에서 아기들이 지나갈 때마다 우리 아기의 얼굴을 상상하며 행복해하던 나날이었다.

그러던 어느 날 ······.

"어라, 스기모토 씨 근종이 있었던가요?"

아기의 심장 소리를 체크하던 조산사가 나에게 물었다.

"네? 무슨 일이지요?"

그러고 보니 확실히 둥그스름한 배의 한쪽이 삼각형이 되어 있었다.

엄마라고 불러줘서 고마워

"잠깐만요. 음 ……. 아무래도 아기가 거꾸로 된 것 같아요. 이제 임신 말기에 접어들었으니 한번 진찰을 받아보는 게 좋을 것 같아요."

아기가 거꾸로 됐다고? 왜 하필 지금 그런 일이 일어난단 말인가? 그래도 아직 예정일까지 시간이 있으니까, 어떻게든 되겠지.

그러나 시간이 지나고 출산일이 다가오면서 더 이상 낙관할 수만은 없었다. 해가 바뀌고 임신 32주가 되어도 아기는 제자리로 돌아오지 않았다. 위와 장이 점점 압박을 받아 심한 구토가 일면서 식사도 거의 하지 못 했다.

"아기가 제 위치로 돌아오지 않으면 제왕절개를 해야 합니다. 이미 출산 예약도 보증금도 받은 상태에서 이런 말씀 드리기 죄송하지만, 저희 병원에서는 스기모토 씨처럼 개복 횟수가 많아 위험도가 높은 환자의 제왕절개는 해드릴 수 없습니다. 당장 대학병원을 소개해드릴 테니 그쪽으로 옮겨주세요."

"선생님, 그럴 수는 없습니다. 부탁이에요. 이대로 여기에서 아기를 낳으면 안 될까요?"

"스기모토 씨의 경우는 일반 제왕절개보다 훨씬 위험합니다. 마취의도, 수술실 인원도 많이 필요합니다. 만일 다른 장기가 파손될 경우에 대비해 바로 수술에 들어갈 수 있도록 다양한 전문의가 있는 종합병원으로 가셔야 합니다."

말도 안 돼. 거의 낳을 때가 다 되었는데 이제와서 모르는 병원으로 가라고? 더군다나 또 개복을 해야 한다고? 예상치 못한 사태에 심장이 떨렸다.

부모님의 말에 따르면 나는 선천적으로 장이 나빴다고 한다. 다섯 살 여름에 심한 복통을 호소해 위장염이라는 진단을 받은 이후로 상태는 계속 나빠지기만 했다. 여러 병원을 전전해서 결국 맹장염으로 인한 복막염이라는 사실을 알았을 때는 이미 손쓰기 어려운 지경이었다. 내 병상에 가족이 다 모여서 울던 기억이 아직도 어렴풋이 남아 있다.

다행히 곧 응급차에 실려 대학병원으로 옮겨져 기적적으로 수술에 성공했다. 그 후 호전되는 듯했지만, 몇 번이나 장폐색('창자막힘증'이라고도 하는데 위장관의 운동 기능에 이상이 온 것—옮긴이)을 일으켜 결국 어린 나이에 두 번이나 개복수술을 받아야 했다. 지금도 장마철을 비롯해 비 오는 날이나 겨울에는 상처가 너무 아파서 몸져눕곤 한다. 어른이 되어서는 한 술 더 떠 자궁이나 난소 관련 질환으로 고통받기 시작했다.

엄마라고 불러줘서 고마워

이십 대 후반에 들어 난소근종이 발견되어 한쪽 난소의 절반을 잘라내기 위해 세 번째 개복수술을 받기도 했다.

이제 개복수술은 더 이상 받고 싶지 않다고 생각했었는데 설마 네 번째 개복수술을 받게 될 줄이야 ……

나는 어쩔 수 없이 대학병원에 소견서를 들고 찾아갔다가 더 충격적인 소식을 접하게 되었다.

"이 수술은 위험하고 매우 힘든 수술입니다. 삼 년 전에 스기모토 씨의 난소근종을 수술한 의사에게 다시 확인했습니다만 당시에도 복부 유착이 매우 심했다고 합니다. 세 번째 수술 후, 유착이 어떻게 되었는지 열어보기 전에는 알 수가 없습니다. 경우에 따라서는 장기가 파손되어 큰 출혈이 있을 수도 있습니다."

나는 너무 놀란 나머지 그만 아무 말도 하지 못한 채 주저앉고 말았다.

열심히 뜸도 받아보았지만, 임신 35주가 지나도 아이는 제자리로 돌아오지 않았다. 그 와중에 태반은 석회질화되어 기능이 눈에 띄게 지하되기 시작했고, 점점 장의 움직임도 나빠져서 언제 장폐색을 일으킬지 모르는 상태가 되었다. 아기의 체중도 거

의 늘지 않아 걱정이었다.

"스기모토 씨 심정은 이해하지만, 더 이상 임신 상태를 유지하는 것은 위험합니다. 임신 37주째 접어드는 다음 주에 수술을 합시다."

나는 결국 제왕절개를 허락하고 말았다.

수술실 앞에서 수술대에 누워 남편에게 오른손을, 어머니에게 왼손을 내밀고 꼭 쥐었다.

"엄마, 오래오래 사세요."

"당신도요."

"자기야, 나한테 무슨 일이 생기면 우리 아기 부탁해. 지금까지 행복했어. 고마워요."

"틀림없이 괜찮을 거야. 기다리고 있을게!"

남편은 내 손을 꼭 잡아주었다. 나는 가장 안쪽 수술실로 옮겨졌고 드디어 수술이 시작되었다. 시간이 굉장히 오래 걸린 것 같았다. 배가 눌리고 당겨지는 느낌이 반복되더니,

"아기가 나옵니다" 하고 의사가 말했다. 그 순간 뱃속이 확 당겨지면서 울음소리가 터져 나왔다.

"응아!"

"축하합니다. 건강한 남자 아기입니다. 환자분 복막에 장이

유착되어 있지만, 떼어내는 편이 더 위험하기 때문에 이대로 닫겠습니다. 유착된 위치가 조금만 더 옆이었더라면 제왕절개도 위험할 뻔했어요. 다행히 잘 끝냈습니다."

나는 최악의 사태가 벌어지지 않은 것에 일단 안심했다. 아직 얼굴에 흰 기름이 붙은 채 울고 있는 아들, 다로를 처음 본 순간 기쁨의 눈물이 흘러나왔다. 드디어 만났구나, 다로야. 태어나줘서 고마워. 내가 네 엄마란다.

수술 후의 통증은 상상을 초월했다. 전에도 개복수술을 받고 마취 기운이 사라지면 팔을 조금 움직이는 것만으로도 펄쩍 뛸 만큼 아팠는데 이번에는 자궁이 수축돼서 그런지 더 심하게 아팠다. 그래도 나는 비명을 지르면서도 무사히 출산이 끝난 안도감으로 고통을 견뎌냈다.

두 주 후 퇴원 수속을 마치고 곧장 도쿄에서 치바 현의 A시에 있는 친정집으로 향했다. 다로의 체중이 좀처럼 늘지 않아 매우 걱정했지만, 생후 두 달 반 무렵에는 수면 시간도 안정되고 어르면 웃어주기까지 했다.

네 번째 개복수술을 잘 넘기긴 했지만, 내 몸은 엉망이 되고 말았다. 혈압은 160을 넘어 현기증이 나고, 잠자고 있는 다로를 안아 올리는 것만으로도 뱃속에서 엄청난 통증이 느껴져 나도

엄마라고 불러줘서 고마워

모르게 비명을 지르곤 했다. 바닥에 떨어진 물건 하나 줍는 것조차 힘이 들었다. 그래서 체력이 어느 정도 회복될 때까지만이라도 부모님의 도움을 받으려고 친정집에 머물기로 했다.

4월 하순. 부모님이 5미터나 되는 커다란 고이노보리(鯉幟, 일본에서 남자아이들이 무사히 성장하고 입신양명을 기원하는 행사로 매년 5월 5일에 열린다. 이때 남자아이를 상징하는 잉어 모양을 대나무 장대에 걸어 세우는 풍습—옮긴이) 세 마리와 긴 스테인리스 기둥, 그리고 끝에 매달 풍차를 사서 트럭에 싣고 왔다. 친정은 바닷가에 있는데 이 고장에서 남자아이가 있는 집은 동네 사람들과 함께 지붕보다 훨씬 높은 기둥을 마당에 세우고 위풍당당한 고이노보리를 올리는 풍습이 있다. 주말에 친정집에 들른 남편도 동참해서 모두가 힘을 합쳐 고이노보리를 올렸다.

"저기 봐, 다로. 고이노보리란다. 멋지지? 보이니?"

아버지가 얼굴을 가까이 대고 말하자. 다로는 밝은 봄 햇살 속에서 화사하게 웃어주었다.

내가 친정에 와 있는 동안 남편은 도쿄에서 치바 현 북서부에 있는 B시로 이사를 했다. 그래서 다로를 데리고 새집으로 갔을 때는 아는 사람이 전혀 없는 환경에서 다시 시작해야 했다. 하지만 금방 친구도 생기고 새로운 생활환경에도 적응해갔다.

육아는 무척 바빴고 생각보다 힘든 면도 많았지만 이제 막 부모가 된 나하고 남편에게는 모든 것이 신선했고 매일 기쁨이 넘쳤다.

그중에서도 다로가 생후 6개월이 되면서 시작한 전철 외출은 언제나 큰 낙이었다. 우리 부부는 다로에게 한껏 귀여운 옷을 입히고 전철을 탔다. 그러면 맞은편에 앉은 승객들이 다로를 보고 웃으며 까꿍 놀이를 해주곤 했는데 다로도 방긋방긋 웃으며 화답해주었다. 나는 사람을 잘 따르고 애교 만점인 다로가 무척 자랑스러웠다.

"엄마."

"응? 다로, 지금 엄마라고 했니?"

오랫동안 꿈꾸던 순간은 어느 날 갑자기 찾아왔다. 생후 11개월을 막 지난 다로는 엉금엉금 기면서 내 뒤를 졸졸 따라다녔다. 그러다가 불현듯 사랑스러운 목소리로 나를 불렀다. 얼마 안 있어 남편도 '아빠' 소리를 듣게 되었다. 아아, 이 얼마나 달콤한 목소리인가? 아이들은 일부러 가르쳐주지 않아도 이렇게 자연스레 말을 배우는구나. 나는 기쁨에 넘쳐 일가친척들에게 보내는 연하장에 다로가 말을 하기 시작했다는 소식을 전했다.

그렇게 기쁨이 가득하던 어느 날, 나는 병원에 산후 검사 결과를 들으러 갔다.

"안타깝게도 여러 번 개복수술을 한 탓인지, 난관이 유착되어 있습니다. 그리고 양쪽 난관도 완전히 막힌 것 같네요. 스기모토 씨는 아직 젊으니까 불임 치료를 받으면 둘째를 가질 수는 있지만, 위험이 큽니다. 산모를 보호하는 차원에서 말씀드리자면 ……."

"아니, 됐어요, 선생님. 이런 몸으로 아이 하나 얻은 것만으로도 충분히 감사해요. 남편과 의논해보겠지만, 저희 부부는 하나로도 만족합니다.

내심 아이 둘은 원했었다. 그러나 출산으로 목숨이 위태로울 수도 있다는 사실을 잘 알고 있지 않은가? 다로를 위해서라도 나는 하루라도 오래 살아야 한다.

제1장

불안의 징조

진단 그리고
절망의 끝에서

12개월~24개월

'설마, 자폐증 ……? 아냐, 그럴 리 없어!'
확실히 다로의 행동에는 자폐증 아동과 일치하는 특징이 몇 가지 있었다.
가령 어른의 손을 들어 올려 냉장고 높은 곳에 붙어 있는 자석을
집으려고 하는 것 등이 그랬다.
다로는 24개월 무렵에 처음으로 그런 행동을 보였다.
"여보, 이것 봐. 다로는 얼마나 머리가 좋은지 몰라. 자기가 집지 못하니까
내 손을 이용해서 집으려고 하잖아."
나는 남편에게 그렇게 말하면서 흐뭇해했다.
그 행동이 이상한 행동이었단 말인가?

돌을 지나면서 항상 내 뒤를 졸졸 따라다니며 누구에게나 애교를 부리던 다로에게 변화가 나타나기 시작했다. 다로가 돌이 지나고 한 달쯤 되던 봄, 나는 동네 유아 영어교실에 다로를 보내기로 했다. 어릴 때부터 영어에 친숙해져서 영어를 좋아했으면 하는 가벼운 욕심에서였다.

하지만 첫날 다로는 몸이 굳어진 채 심하게 울어댔다. '방이 낯설어서 그렇겠지' 하고 생각했지만 두 번째, 세 번째 수업에서도 울기만 하고 아무것도 하지 못했다. 교실에 들어서자마자 울어대서 곧바로 아이를 안고 밖으로 나오기 일쑤였다.

그래서 보내야 하나 말아야 하나 망설였는데 시간이 지나자

심하게 울진 않아서 교실에 들어갈 수 있었다. 하지만 다로는 들어가서도 모두가 선생님을 따라 신 나게 춤을 추는 동안 계속 낮은 책상 위에 놓인 CD 플레이어만 들여다보았다. 투명한 뚜껑을 통해 CD가 돌아가는 모습이 보였는데 거기에만 온 정신을 쏟았던 것이다.

그러고 보면 최근 들어 부쩍 다로가 환기창이나 마당에 있는 풍차 등, 빙글빙글 돌아가는 물건을 바라보는 일이 잦았다. 어떤 날에는 교실의 카펫 털을 뒤져서 부러진 연필심이나 실타래 등을 집어내는 데만 열중했다.

나는 어떻게든 게임에 참가시키려고 애써보았지만, 다로는 금방 그 자리에서 뛰쳐나와 이번에는 벽에 붙어 있는 포스터 귀퉁이에 눈을 가까이 대고 웃으면서 좌우로 고개를 흔들었다. 이렇게 고개를 심하게 좌우로 흔드는 모습도 돌이 지난 직후부터 자주 눈에 띄었다.

선생님이 인형을 가지고 아무리 재미있는 연극을 해줘도 눈길 한 번 주지 않은 채 시간만 흘러갔다. 처음에는 개성이 강한 아이일 뿐이라고 대수롭지 않게 생각했지만, 점점 평범한 아이들과는 뭔가 좀 다른 구석이 있는 것 아닌가 하는 막연한 불안감이 들기 시작했다. 어쩐 일인지 다로는 주변에 누가 있든 전혀 관심이 없는 아이가 되어버린 것 같았다. 불과 몇 달 전까지만 해도 전철에서 앞에 앉은 사람을 보고는 그렇게 방긋방긋 웃어주었는데 ……. 그 일이 마치 거짓말인 것처럼 이제는 엄마인 나에게도 흥미가 없어진 듯 보였다.

결국 다로가 18개월이 된 여름, 나는 시에서 운영하는 보건소에 다로를 데리고 갔다.

"어떤 게 바나나지?"

검진하는 직원이 바나나, 물고기, 개, 고양이 등의 그림이 그려진 종이를 다로에게 내밀면서 질문했다. 하지만 다로는 마치 상대방이 보이지 않는 것처럼 무슨 질문을 해도 옆으로 돌아앉아 먼 산만 바라볼 뿐이었다.

나는 그 검사용지를 보고 깜짝 놀랐다. 어떻게 이런 질문에 대답할 수 있단 말인가? 다로는 아직 사물의 이름이 무엇인지도 모른다. 정말 이 나이에 단어를 이해하기 시작한단 말인가?

슬쩍 옆을 보니 다른 집 아이들은 제대로 손가락으로 가리키고 있다. 그중에는 "멍멍" 하고 큰 소리로 대답하는 아이도 눈에 띄었다.

"오늘은 졸린가? 기분도 안 좋은 것 같네요. 24개월이 되면

엄마라고 불러줘서 고마워

다시 오셔서 말을 이해하게 되었는지 확인하셔야겠어요."

그 말을 듣고 자리에서 일어나는데 가슴이 방망이질하는 것처럼 쿵쿵 뛰었다. 처음 스스로 몸을 뒤집던 날, 앉던 날, 아무것도 붙잡지 않고 혼자 힘으로 일어나 걸었던 날. 지금까지 모든 것이 순조로웠는데 …….

나는 모자수첩의 '18개월' 부분에 있는 건강검진 기입 칸을 보고 또 당황하고 말았다. '엄마, 맘마 같은 뜻이 있는 말을 몇 개 정도 합니까?'라고 묻는 항목이 있었던 것이다. 나는 볼펜을 손에 쥔 채 '네'와 '아니요' 어느 쪽에 동그라미를 쳐야 할지 망설였다.

그때 문득 생후 8개월이 되기도 전에 생후 11개월 후반이나 될 법한 다로의 모습을 연하장에 썼던 일이 떠올랐다.

'엄마, 아빠라고 말하게 되었습니다.'

맞아, 분명히 기쁨에 가득 차서 그렇게 썼었지. 전에는 말할 수 있었으니까 '네'에다 동그라미를 칠까? 하지만 요즘에는 우리를 엄마, 아빠라고 불러주지 않는데. 도대체 왜 그런 것일까? '스스로 컵을 쥐고 물을 마실 수 있습니까?', '어떤 놀이를 좋아합니까?'라는 질문에는 동그라미를 칠 수도, 대답할 수도 없었다.

다로는 아직 컵에는 죽어도 입을 대지 않는다. 컵은 고사하고 요즘에는 밥을 먹이는 데도 고전 중이다. 이유식을 시작했을 무렵에는 뭐든지 잘 먹었는데, 요즘에는 편식이 심해져 입에 대는 것은 흰밥과 두부 정도가 고작이다. 손끝이 무딘지 손으로 잘 집지도 못해서 음식을 쥐여주면 입이 아니라 볼에 손이 간다. 그래서 아무것도 입에 넣지 않은 채 입을 멍하니 벌리고 있는 일도 자주 있었다.

그러고 보면 다로가 놀이다운 놀이를 하는 것을 본 기억도 없다. 고개를 좌우로 흔들거나, 자동차 장난감을 엎어놓고 열심히 바퀴만 돌리거나 하는데 그것을 놀이라고 써도 되는 것일까?

첫 아이라서 내가 너무 느긋하게 키운 건지도 몰라. 좀 더 자주 말을 걸어주면 금방 다시 말하게 될 거야.

필요 없어, 이런 진찰 따위 …….

나는 스스로에게 이렇게 말하면서 빈칸을 채우지 못한 채 모자수첩을 탁 덮었다. 우리 애는 하나도 이상하지 않아. 의사 선생님께 잘 자라고 있는지 상담 받지 않아도 돼. 오늘은 그만 집에 가자.

그 후 가족끼리 여행도 다니면서 지내다 보니 어느덧 여름도 끝나고 가을이 되었다. 그 무렵 남편 준은 일이 많아서 자주 한밤중에 귀가했다. 언젠가 다로가 어른이 되어 독립하더라도 적적하지 않도록 나만의 세계를 가지려고 다시 일을 시작했다. 하지만 다로가 제대로 자라고 있는 건지 막연한 불안감은 계속 쌓여만 갔다.

계절이 바뀌고 나이를 먹으면 슬슬 말을 시작하지 않을까 기대했지만, 20개월이 지나도 여전히 우리 말을 이해하는 낌새가 보이지 않았다. 매일매일 다로에게 말을 걸어도 '엄마', '아빠'라고 부르지 않았다.

언제부터인가 사라진 것은 말뿐만이 아니었다. 돌 직전까지는 내가 고개를 갸우뚱하면 다로도 나를 따라 했는데 이상하게도 지금은 그러지 않았다.

나는 무슨 일만 있으면 울고불고하는 다로를 어떻게 다루어야 할지 몰랐고 점점 아이 키우기가 힘에 부쳤다. 전처럼 다로에게 이것저것 귀여운 옷을 입혀봐도 가슴 깊은 곳은 여전히 뭔가 비어 있었다.

일할 때 잠깐 맡기는 유치원 선생님이 "어머니, 다로는 '이리 와'라고 해도 반응이 없고 가까이 오지를 않아요. 앉으라고 해도 제가 앉히지 않으면 멍하니 있고, 먹이지 않으면 음식에 손도 대질 않아요. 좀 더 스스로 먹도록 해주세요. 방이 다소 지저분해져도 신문지를 깔아놓으면 되지 않을까요?" 하고 충고를 해주었다. 선생님은 내가 너무 앞서 나가서 다로가 스스로 먹으려고 하지 않는다고 생각하는 것 같았다. 나는 '그런 게 아니에요'라고 말하고 싶었지만 참았다.

다로는 스스로 먹으려는 의욕이 별로 없는 듯했다. 나는 어떻게 해야 좋을지 고민했다. 다로는 '이리 와'나 '앉아'라는 말의 뜻도 이해하지 못하는 것 같았다.

24개월이 다가오면서 막연한 불안은 강렬한 조급함으로 바뀌기 시작했다.

다로의 발달 상태 말고도 마음에 걸리는 일이 또 하나 있었다.

요즘 목에 뭔가 걸린 듯하고 가슴이 울렁거리는 증상이 며칠이 지나도 사라지질 않는다. 설마 …….

"역시 임신이군요. 임신 6주째입니다."

"선생님 그럴 리가요? 저는 지난번에 양쪽 난관이 다 완전히 막혀서 불임 치료를 받지 않는 한 임신은 어렵다는 진단을 받았는데요 ……."

"그랬어요? 어쩌면 난관이 조금 뚫려 있었는지도 모르지요. 의학적으로 힘들다고 해도 임신하는 분도 있으니까요."

나는 임신이라는 말에 놀랍고 기뻤지만, 동시에 마음 저 깊은 곳에서 올라오는 두려움에 몸서리쳤다.

엄마라고 불러줘서 고마워

"이대로 임신을 계속해도 될까요?"

"정 고민이 되신다면 다음 진찰 때까지 가족들과 잘 상의해보세요."

나는 마음의 동요를 감추지 못하고 진찰실을 나왔다.

진료비를 내고 생각에 잠긴 채 병원 출구로 향했다. 다로는 유모차에 타지 않고 빨리 걷기 시작했다. 그리고 엘리베이터 문에 얼굴을 바짝 대고 고개를 위아래로 흔들었다. 그 모습을 보자 나는 정신이 번쩍 들었다.

또 이상한 짓을 하고 있네. 갑자기 문이 열리면 큰일인데……. 황급히 뒤에서 다로의 옷을 잡아당겨 엘리베이터에서 떼어냈다. 병원 출구까지 오자 이번에는 발이 땅에 붙기라도 한 듯 꼼짝도 않고 자동문이 열리고 닫히는 것을 보고 있었다.

가까스로 손을 잡고 밖으로 나오니 병원을 빙 둘러싼 금속 울타리가 보였다. 다로는 내 손을 뿌리치고 뛰어가서 울타리를 손으로 꽉 잡은 후 눈을 바짝 대고 고개를 좌우로 흔들기 시작했다.

아무리 이름을 불러도 반응이 없었다. 한 손에 아이를 안고 또 한 손으로 유모차를 밀면서 횡단보도를 건넜다. 벚꽃이 만발한 넓은 인도에서 다로의 손을 놓자, 이번에는 벚나무로 후다닥 달려가 나뭇가지에 눈을 바짝 대고 위아래로 고개를 흔들기 시작했다.

마음속에서 비명이 터져 나왔다. 이건 대체 무엇인가? 나무에
얼굴을 대고, 대체 무엇이 재미있단 말인가?

다로 하나만으로도 이렇게 손이 많이 가는데 앞으로 어떻게 위
험천만한 임신 상태를 유지할 수 있단 말인가? 만약 애를 낳다가
무슨 일이라도 생기면 누가 다로를 돌봐줄 것인가?

불안은 점점 커져만 간다. 머릿속이 혼란스러워서 무엇을 먼저
생각해야 할지 알 수 없었다. 다로가 전처럼 '엄마!' 하고 불러주
기만 하면 마음이 놓일 텐데 …….

다로와 전혀 마음의 교류를 할 수 없는 현실을 생각하니 괴로
워서 눈물이 났다.

출산의 위험을 고려해서 중절할 것인지, 계속 이 상태를 유지
할 것인지 정하지 못한 채 임신 진단 후 2주째 아침을 맞이했다.
아침에 일어나 몇 걸음 걷자 급작스레 출혈이 일어났다.

"자기야, 큰일 났어."

당황한 남편이 침실에서 뛰어나왔다.

"왜 그래?"

"출혈이 ……. 다로 때처럼 또 절박유산인 것 같아."

"빨리 병원에 가보자. 움직이지 마. 당장 택시를 부를 테니."

우리는 때마침 온 택시에 다로를 태우고, 병원으로 향했다. 지금 유산된다고 해도 내가 할 수 있는 일은 아무것도 없다. 그래도 마음을 진정시킬 수 없었다. '미안해 아가야. 네 걱정을 해주지 못해서.' 나는 처음으로 다로나 나 자신이 아닌 아기만을 걱정했다. 그리고는 오로지 뱃속의 아기만을 위해 울었다. 울면서 나는 내 본심을 깨달았다.

비로소 어떻게 해야 할지 알 것 같았다. '네가 살아주었으면 좋겠어. 어떻게든 이 고난을 극복해낼 거야. 다로도 걱정이고 출산도 두렵지만 너를 지울 수는 없어. 엄마는 아가 너를 꼭 만나고 싶단다.'

"오, 출혈이 일어난 곳은 알 수 없지만, 여기에 아기가 확실히 있어요."

나는 모니터에 비친 아기의 모습을 보았다. 아기의 심장이 반짝반짝 꺼졌다 켜졌다 하면서 움직이고 있었다.

"8주차치고는 아기가 좀 작네. 이 정도면 7주차 크기지요. 나중에 임신 주차 수를 바꿀지도 모르겠습니다. 출혈이 멈출 때까지 잠시 안정을 취하십시오. 아, 그리고 보니 이것에 관해 상담하신다는 메모가 신료 기록에 있네요."

의사는 말로는 하지 않고 펜으로 중절 상담이라는 곳에 동그라미를 쳐 보였다.

전에 제왕절개를 하면서 겪었던 죽음에 대한 공포와 수술 후의 엄청난 통증이 아직도 기억에 생생했다. 지금 생각만 해도 속이 울렁거릴 지경이다. 얼마나 위험한지도 충분히 알고 있다.

그래도 해보자. 나에게 필사적으로 매달려 있는 이 작은 생명을 위해 지금까지 몇 번이나 가망 없는 수술을 견뎌내지 않았던가? 나는 비록 몸은 약하지만, 운이 좋은 사람이다. 이번에도 틀림없이 잘해낼 거야.

"선생님, 괜찮습니다. 결정했어요. 이대로 임신 상태를 유지할 겁니다."

하마터면 절박유산을 할 뻔했던 뒤로 일주일째 남편은 일을 쉬고 누워 있는 나와 쉴 새 없이 돌아다니는 다로를 돌봐주었다. 거의 꼼짝도 하지 않고 안정을 취한 덕인지 이번에도 운 좋게 절박유산의 고비를 넘겼다. 뱃속의 아기는 건강하게 조금씩 자라고 있다.

나는 남편과 앞으로의 일을 의논했다. 출산까지 앞으로 여덟 달. 나하고 다로 두 사람에게 무슨 일이 생겨도 남편이 도쿄에 있는 직장에서 곧바로 집에 오는 것은 불가능했다. 더구나 몇 개월 동안은 나도 일을 계속 해야 했다. 결국 나와 다로는 친정 집에 머물면서 검진을 받거나 상태가 좋을 때만 집에 돌아오기로 했다.

"다로야, 기다려!"

"얘야, 가지 마!"

아버지와 어머니가 들고 있던 찻잔을 상 위에 올려놓고는 황급히 다로를 쫓아갔다.

부모님은 본래 휴일 오전과 오후에는 마당에서 차를 마셨는데 우리가 오고 나서는 매일 다로를 쫓아다니느라 느긋하게 차를 즐길 시간이 없어졌다.

다로는 마당에 나가더니 조금 있다가 집 밖으로 달려 나가기 시작했다. 나도 깜짝 놀라 뒤뚱뒤뚱 일어나 쫓아나갔다. 다로가 차가 많이 다니는 길로 막 들어서려는 찰나에 아버지가 붙잡았다.

"우우우!"

다로가 발을 동동 구르며 화를 냈다.

밖에 내놓으면 늘 이런 일이 일어닌다. 누가 쫓아와도 아랑곳

없이 차가 많이 달리는 길을 향해 무조건 달려가는 것이다. 신기하게도 손을 잡고 온 길을 되돌아가려고 하면 아무리 기분이 좋아도 털썩 주저앉아 꼼짝도 하지 않았다. 마치 몸이 굳어버리기라도 한 것 같았다.

이런 현상은 다른 길에서도 나타났다. 한 방향으로 나아갈 수는 있어도 왔던 길을 되돌아가지는 못했다. 게다가 도중에 맨홀이 있으면 그 위에서 빙글빙글 도느라 앞으로 나아갈 생각도 안 했다.

결국 오빠가 그러다 사고라도 나면 안 된다고 큰 문짝을 사왔다.

"이것 딱 좋다. 문이 있으면 귀찮지만, 다로가 뛰쳐나가 차에 치일 염려는 없지."

아버지는 반색하시면서 두 팔을 걷어붙여 기둥을 세우고 문짝을 달았다. 이것으로 다로가 큰길로 뛰쳐나갈까 봐 걱정할 일은 없어졌다. 하지만 집 안을 뛰쳐나가 문 있는 곳까지 달려가도 그 짧은 거리를 돌아오지 못하는 건 여전했다.

"왜 한 방향으로밖에 걷지 못할까?"

가족들은 그런 다로의 습성을 이상하게 여기고 저마다 한마디씩 했다.

나는 심한 입덧에 시달리다 시간이 지나면서 겨우 안정을 찾았다. 식욕이 도는 것을 보니 입덧이 간신히 안정기에 접어든 모양이다.

몸이 조금 편해지자 정신이 번쩍 들었다. 지금까지는 다로에 대해 차분히 생각할 여유가 없었는데 생각할수록 말할 수 없이 불안했던 것이다. 다로는 여전히 말을 한마디도 못한 채 22개월을 맞이한 셈이다.

가까스로 몸을 추스른 나는 인터넷을 검색하다 걱정스러운 기사 하나를 발견했다.

'설마, 자폐증 ……? 아냐, 그럴 리 없어!'

확실히 다로의 행동에는 자폐증 아동과 일치하는 특징이 몇 가지 있었다. 가령 어른의 손을 들어 올려 냉장고 높은 곳에 붙어 있는 자석을 집으려고 하는 것 등이 그랬다. 다로는 24개월 무렵에 처음으로 그런 행동을 보였다.

"여보, 이것 봐, 다로는 얼마나 머리가 좋은지 몰라. 자기가 집지 못하니까 내 손을 이용해서 집으려고 하잖아."

나는 남편에게 그렇게 말하면서 흐뭇해했다. 그 행동이 이상한 행동이었단 말인가?

걱정스러운 것은 그뿐만이 아니었다. 다로는 그림책 페이지를 한꺼번에 넘겨버리는 등의 대수롭지 않은 일로도 공황 상태에 빠져서 방바닥이나 집 안의 벽, 밖에서는 도로에 이마를 쿵쿵 찧으면서 울부짖었다. 이것은 여기에 적혀 있는 '자해 행위' 아닐까?

다로의 발작은 점점 더 심해졌다. 이젠 문을 닫는 것에도 집착해서 누군가가 문을 조금만 열면 서둘러서 닫곤 했다. 그러다가 잘 안되면 심하게 울었다.

하루 세 끼 식사 때면 그야말로 지옥 같은 시간이다.

앉자마자 얼굴이 새빨개지도록 울면서 음식을 그릇째 집어던진다. 나는 넉 달 후로 다가온 공립유치원 입학에 대비해서 어떻게든 컵으로 우유를 마시게 하려고 시도해보았다. 하지만 다로는 절대로 컵 끝에 입을 대지 않겠다는 듯 심하게 저항했다. 그러다 내 손에 있던 컵을 빼앗아 내동댕이치는 바람에 우유가 엎질러지고 말았다.

다로는 그 후에도 바닥에 머리를 찧으며 난동을 부리다가 지쳤는지 잠들어버렸다. 앞머리는 땀에 흠뻑 젖고 얼굴은 발갛게 상기되어 있었다. 그제야 주위를 둘러보니 어디서부터 손을 대야 할지 막막할 정도로 엉망진창이었다.

나는 무엇보다 몇 가지 음식에만 간신히 입을 대는 아이의 영양 상태가 심히 걱정스러웠다. 하지만 애써 만든 음식을 매번 집어던지는 것을 보면 화가 치밀기도 했다. '제발 그만 좀 해!'라고 야단치고 싶었다.

울부짖는 다로를 남겨두고 이대로 어딘가 멀리 도망치고 싶다는 생각도 들었다. 어떤 날은 좌절한 나머지 '차라리 둘이 같이 죽어 버릴까?' 하는 생각마저 할 정도였다.

복잡한 감정을 추스르며 바닥에 떨어진 음식을 치우고 있노라면 눈물이 멈추질 않았다. 내가 원한 건 이런 것이 아닌데 ……. 아이를 키우는 게 이렇게 힘들 줄이야. 12개월 때까지 다로는 내가 먹이는 대로 먹었다. 함께 놀아주면 나를 보고 웃어주고, 매일매일 이보다는 행복했는데 …….

"다로는 유난히 집착이 강한 것 같아."

"너희는 다로처럼 힘들게 키우지 않았어."

부모님도 다로가 뭔가 좀 이상하다고 생각한 모양이다.

"저도 그런 것 같아요. 무엇보다 말을 할 수 있을지가 걱정이에요. 근처 C시의 치료 센터에 발달상담창구가 있다던데 조만간 한번 가볼게요."

나는 인터넷에서 '아이의 발달 상태가 걱정된다면 우선 상담을!'이라는 문구를 보고 바로 C시의 치료 센터에 전화했다. 센터에서는 상담 신청이 많이 밀려 있어서 빨라도 두 달 후에나 상담을 받을 수 있다고 했다. 그때쯤이면 다로가 24개월이 되니 뭔가 말을 할 수 있을지도 몰라. 시기도 딱 좋네.

"말을 못 해도 할 수 있는 검사가 있는데 받아보시겠습니까?"

"이렇게 어려도 받을 수 있는 검사가 있어요?"

"네, 아이가 어디까지 이해하는지 알아보려면 한번 받아보시는 게 좋을 겁니다."

"아이가 차분하게 잘 받을 수 있을지 걱정이지만 부탁드릴게요."

결국 두 달 후에 다로가 24개월이 되자마자 발달검사를 받기로 했다.

두 살 생일 때까지 두 달 남짓 남았다. 어쩌면 갑자기 말을 시작해서 이런 검사 따위 안 받게 될지도 몰라. 틀림없이 괜찮을 거야. 나는 가슴속에 도사린 불안감을 떨쳐내려고 애썼다.

드디어 다로가 두 살 생일을 맞이했다. 다로는 깜찍한 핑크색 딸기 생크림 케이크 위에서 흔들리는 화려한 초 두 자루의 불빛을 물끄러미 바라보았다. 나는 생일 축하 노래를 부르면서 울었

엄마라고 불러줘서 고마워

다. 남편이 아이 앞에서 그런 표정 짓지 말라는 듯 눈짓을 보냈지만, 흐르는 눈물을 도저히 멈출 수가 없었다.

나도 알고 있었다. 오늘만은 절대 울어서는 안 된다는 사실을 ……. 축하해야 할 날, 마음껏 축하해주고 싶었지만, 다로의 장래가 걱정되어서 견딜 수가 없었다.

두 살이 되면 틀림없이 말문이 트일 것이라고 얼마나 기대했던가? 한마디도 하지 못한 채 결국 두 살이 되어 버렸다는 사실이 너무나 충격적이었다.

결국 작년 말에 예약했던 C시의 치료 센터에 다로를 데리고 갈 수밖에 없었다. 첫날에 면담과 발달검사를 받고 두 번째 방문하는 오늘, 검사 결과를 받게 된다.

역을 빠져나오니 항구 쪽에서 불어오는 바람이 뺨을 세차게 때렸다. 추위에 온몸이 꽁꽁 얼어버릴 것만 같았다. 심호흡을 깊게 한 다음 '자, 가자!' 하고 나 자신을 타일렀다. 그리고 남편과 함께 다로를 데리고 천천히 걷기 시작했다.

큰 창문을 통해 오후의 햇살을 길게 늘어뜨린 진료실은 널찍하고 환했다. 잿빛 카펫이 깔린 마루 위에 낮은 테이블이 하나 있었다.

다로는 신발을 벗자마자 장난감으로 돌진했다. 무릎을 꿇고 시선을 맞춰보려는 의사와 보육사, 간호사의 인사는 안중에도 없었다.

나는 애써 미소를 지어 보이면서도 숨이 막힐 만큼 긴장했다. 도대체 어떤 검사 결과가 나올 것인가? 이 선생님은 지금부터 무슨 말을 할 것인가? 어쩌면 아무 문제도 없다. 이제 겨우 두 살이니까 걱정하지 않아도 앞으로 말을 할 거라고 이야기할지도 모른다. 내심 은근히 그런 기대를 했다.

얼마 전 발달검사를 받던 날, 다로는 의자에 거의 앉아 있지 않았지만, 짜증도 안 냈고 평소와 달리 기분 좋게 웃었잖아? 블록은 하나도 쌓지 못했지만 얇은 막대기를 작은 구멍에 꽂는 과제도 해냈고 ……. 그러니까 그렇게 나쁜 결과는 안 나올 거야.

톡, 톡, 톡 …….

인사를 마치고 갑자기 조용해진 진찰실에 다로가 던진 공이 떨어지는 소리만 계속 울려 퍼졌다. 위로 공을 넣으면 톡톡 굴러서 투명한 터널 안으로 떨어지는 장난감이다.

그 소리를 들으니 긴장해서 손발이 더 차가워지는 듯한 느낌이다.

다로가 놀이에 빠져 차분해진 틈을 타 의사 선생님이 입을 열었다.

엄마라고 불러줘서 고마워

빙글빙글. 오십 대 초반의 여자 의사 선생님은 생각에 빠진 듯 볼펜으로 발달검사 용지에 쓰인 숫자에 계속 동그라미를 그렸다.

그 표정을 보는 순간, 이제부터 뭔가 좋지 않은 소식을 들을 것 같다는 예감이 퍼뜩 들었다.

"숫자 얘기만 해서 대단히 죄송한데요 …….."

의사는 굳은 표정으로 단어 하나하나를 신중하게 골라가며 말했다.

"여기를 봐주세요. IQ는 많이 들어보셨지요? 지능지수를 가리키는 말입니다. DQ(발달지수, Developmental Quotient)는 지적 능력에 신체 능력 등을 덧붙여서 종합적인 발달 상태를 검사해보는 겁니다. 주로 어린아이에게 많이 쓰는 지수예요.

이번에 신판K식이라는 발달검사를 해보았는데 다로는 인지·적응 분야에서 DQ 52, 언어·사회 분야에서는 DQ가 49입니다. 그것을 종합한 전체 DQ는 54고요. 다로와 같은 또래의 정상적인 아이들은 개인차는 있습니다만, 평균적으로 DQ 100 전후가 나옵니다. 이 결과로 볼 때 다로는 발달지수가 전체적으로 낮고 중등 지적장애가 있다는 결론이 나옵니다."

그럴 리가 없어. 발달검사 항목은 몇 개만 맞혀도 충분한 거

아니었나? 거의 모든 문제를 맞혀야 했던 것일까? 그러면 일반 아동들이 그 검사를 받으면 다로보다 많이 대답할 수 있단 말인가?

"저, 우리 다로는 이제 겨우 24개월이잖아요. 이 DQ라는 것이 나중에 올라갈 수도 있지 않을까요? 뭔가 다로의 성장에 대한 희망을 주실 수 없겠습니까?"

"죄송합니다. 뭔가 부모님께 '앞으로 이렇게 될 거예요'라고 말씀드릴 수 있다면 좋겠지만 ……. 일반적으로 사람의 지능은 어릴 때는 나이에 따라 발달하다가 성인이 되면 일정해진다고 합니다. 물론 다로도 천천히 성장해갈 겁니다. 이 수치가 앞으로 좀 더 올라갈 가능성도 있고요. 하지만 아이들은 성장할수록 그만큼 더 많은 것을 이해할 수 있어야 하지요. 그 때문에 일반 아동들을 따라가지 못하고 장애가 심한 그룹에 속하게 될 가능성도 있습니다."

잠깐만요. 장애가 있다고요? 단순히 조금 늦된 정도가 아니라 장애가 있다고? 게다가 장애가 더 심해질 가능성까지? 말도 안 돼! 지금의 발달 지체가 평생 정상화되지 않을지도 모른다는 설명에 나는 훈훈한 방안에서도 한기를 느꼈다.

"부모님이 의외로 의연하신 것 같아서 한 가지만 더 말씀드릴

엄마라고 불러줘서 고마워

게요."

아니에요. 그렇지 않아요. 저는 전혀 의연하지 않아요. 더 이상 뭐가 또 남아 있다는 거지요? 나는 충격 때문에 아무 말도 하지 못한 채 이어질 말을 듣기 위해 등을 펴고 자세를 고쳐 앉았다.

"다로에게는 자폐 경향이 보입니다."

"뭐라고요? 자폐 경향이요? 다로가 자폐증이란 말입니까?"

"자폐증의 모든 특징을 다 갖춘, 전형적인 자폐증은 아니지만, 적어도 그 스펙트럼에 속하는 건 분명합니다."

설마 우리 다로가, 정말이요? 지적장애에다가 자폐증까지 ......!

"말을 못하더라도 가령 수화처럼 손짓 발짓으로 대화한다든지, 뭔가 방법이 없을까요? 조금이라도 말을 할 수 있도록 훈련시킬 수 있는 학교는 없을까요?"

나는 조금 쉰 목소리로 물었다.

의사는 곤란한 표정으로 파일에서 치료 시설에 관한 자료를 몇 개 골라 보여주었다.

"어머니 심정은 이해합니다. 하지만 다로의 경우, 아직 사물에 이름이 있다든지 말로 의사를 전달할 수 있다는 사실을 이해하지 못하는 단계입니다. 지금 상태에서 수화 같은 고도의 테크닉을 이해하기는 어렵다고 봅니다. 치료에 관해서는 대단히 죄송하지만, C시의 시민이 아닌 분에게 해드릴 수 있는 것은 오늘 같은 외래 정기 검진뿐입니다.

B시에 사시지요? B시도 제법 큰 도시입니다. 얼마나 자주 받을 수 있을지는 모르지만, 언어훈련을 해주는 시설이 있습니다. 일단 B시의 보건소 앞으로 소견서를 써드릴 테니 한번 문의해 보세요.

둘째 아이 출산 때문에 현재 부모님 댁에 와 계시고 당분간은 A시에 머무실 거라고 했지요? 그러면 출산 후에 댁으로 돌아가셔야 치료를 받을 수 있겠네요. 앞으로 혈액검사 등, 추가 검사를 원하시면 치바 현 내의 큰 병원을 소개해드리겠습니다."

'전반적 발달장애, 중등 지적장애, 자폐 경향 있음'이라고 적힌 진단서 세 통을 받아들고 나하고 남편은 밖으로 나왔다.

우리 두 사람은 마치 의사에게 아무 말도 듣지 않은 듯 묵묵히 유모차에 다로를 태우고 역을 향해 터덜터덜 걷기 시작했다.

날이 일찍 저물어 밖은 이미 컴컴해졌다.

다로는 낮잠을 자지 않아서 그런지 바로 잠이 들었다. 몸은 기계적으로 역 개찰구로 들어가 전철을 탔지만, 마음속으로는 같은 말만 수백 번째 되뇌고 있었다.

"왜, 왜? 왜!"

제2장

치료법 찾아 삼만리

아이에게 맞는 치료법은 어디에?

24개월~26개월

"엄마, 있잖아요. 저 아무래도 도쿄에 가서
이 사람들을 만나서 직접 얘기도 해봐야 할 것 같아요."
그렇게 말하고는 인쇄한 종이를 어머니에게 건넸다.
"미국에서는 자폐증이나 전반적 발달장애 교육으로
ABA 방식이 주로 쓰인다는데 여기가 그런 곳이래요.
ABA 방식을 따르는 부모와 치료 관계자들의 모임 같아요.
인터넷에 24개월, 말 못함, 자폐, 전반적 발달장애 같은
여러 가지 키워드를 넣어서 검색해봤더니 여기가 나왔어요."

치료 센터에 갔다 온 날 밤, 우리 부부는 다로를 재우고 병원에서 있었던 일을 얘기하려고 했다. 그러나 막상 서로의 얼굴을 마주한 순간, 가슴 저편에서 견딜 수 없는 슬픔이 스며올라왔다. 결국 우린 아무 말도 하지 못한 채 거실 바닥에 앉아 서로를 부둥켜안고 밤늦게까지 울었다.

"다로는 앞으로 어떻게 될까? 말도 못하고, 이다음에 우리가 죽으면 어떻게 살아가지?"

"평생 말을 못한다고 아직 단정할 수는 없어. 오진일 수도 있고 ……."

"나도 그랬으면 좋겠어. 하지만 그 의사는 전문의인 것 같고 지금까지 수많은 아이를 진단해왔을 거야. 다로는 아직 어리니까 앞으로 어떻게 클지 모르겠지만, 오늘 진단대로라면 보통 심각한 일이 아닌 것 같아."

"앞으로 어떻게 해야 할지 아직은 모르겠어. 아무튼 보건소에 전화해서 빨리 언어훈련 해주는 곳을 소개해달라고 하자."

이럴 때 남편이 내 곁에 있어줘서 무척 고마웠다. 혼자서 감당하기에는 너무나 버거운 현실이었다.

나는 치료 센터를 찾으려고 잠시 B시에 있는 우리 집에 머물기로 했다. 집에서는 부모님 도움 없이 나 혼자 다로를 돌봐야 한다. 다로는 걸핏하면 분노발작을 일으켜 저녁 무렵이면 나는 완전히 녹초가 되었다. 그러다 보니 내 괴로움을 진심으로 이해해주는 남편의 귀가만 기다리게 되었다. 남편이 무언가 해결책을 주리라고는 기대하지 않았다. 그저, 내 괴로운 심정을 들어주기를 바랐다.

이런 내 태도가 가뜩이나 위로를 잘 못하는 성격의 남편을 궁지로 몰아넣었던 것일까?

며칠이 지나자 남편은 다로의 장애에 관한 말을 피하기 시작했다. 마치 그런 진단은 받은 적도 없는 것처럼 ……

"여보, 오늘 다로가 세 시간 넘게 분노발작을 부렸어. 사람들 시선이 얼마나 따갑던지. 슈퍼마켓 자동문 앞에서 꼼짝 않고 문이 열고 닫히는 것만 보는 거야. 얼마나 애를 먹었는지 몰라."

"미안하지만 그런 얘기 좀 그만할래? 매일 장애 얘기만 한다고 뭐가 달라지는 건 아니잖아?"

남편의 냉담한 반응에 나는 깊은 상처를 받았다. 진단을 받던 날 우리는 똑같은 심정이 아니었던가? 그때 처음으로 남편이 우는 모습을 보았다.

생각해보면 남편 역시 마음에 상처를 입은 자신을 보호하기 위해 다로 얘기를 애써 피하려고 했는지도 모른다. 하지만 당시 나에게는 남편을 배려할 만한 여유가 없었다. 나 혼자 모든 짐을 떠맡은 것 같은 생각이 들었다.

집 밖에서도 외롭기는 마찬가지였다. 다세대 주택이라 집 밖에 나가면 아기 엄마들과 마주쳤는데 다로와 함께 아기 시절을 보냈던 아이들이 벌써 말을 하곤 했다. 전에는 우리 애도 빨리 다른 집 아이들처럼 말해주기를 바랐지만, 진단을 받은 지금은 상황이 달랐다. 다른 아이들이 말하는 것을 듣는 것조차 견딜 수 없었다.

어쩔 수 없이 외출할 때는 챙이 넓은 모자를 푹 눌러쓰고 사람들의 시선을 피했다. 땅만 보면서 유모차를 빨리 밀고 가면 사람들도 말을 걸지 않았다.

처음에는 친정 부모님이 속상해할까 봐 차마 검사 결과를 알리지 않았다. 그러나 친정에 장기간 머무는 이상, 숨기는 것은 불가능해서 결국 사실대로 털어놓았다.

아직 어리니까 상황을 지켜보기로 했다고 말한 것이 아니라, 아예 병명을 선고했다는 사실에 모두 놀랐다. 얼마간의 침묵을 깨고 어머니가 제일 먼저 입을 열었다.

"장애가 있든 없든 엄마는 다로가 정말 사랑스러워. 다로는 다로잖아. 까짓것, 병명에 너무 신경 쓰지 말고 모두 함께 힘을 합치자꾸나."

아버지는, "아이가 너무 난폭해서 도시에서 살기 힘들면 계속 우리 집에 있어도 된다. 우리 집은 넓은 게 장점 아니니? 아버지도 다로가 정말 귀엽단다"라고 말씀하셨다.

오빠도, "이제 겨우 두 살이잖니. 다로의 가능성을 믿어주려무나"라고 위로해주었다.

누구도 원인을 찾으려고 하지도 나를 나무라지도 않았다. 나는 내가 임신 중에 뭘 잘못 먹어서 이렇게 된 거라고 종종 자신을 원망했는데 말이다. 그래서 더더욱 모두의 배려가 고마웠다.

다음 날, 다시 B시에 있는 집으로 돌아왔다. 다로가 낮잠을 자는 동안, 멍하니 핑크색 벽을 바라보며 울고 있는데 문득 벽에 걸린 그림 접시가 눈에 들어왔다.

다로가 태어난 2007년의 이어 플레이트(Year Plate). 북유럽 마을의 얼어붙은 운하에서 세 척의 배가 조용히 봄을 기다리는 그림이다. 남편은 다로가 태어난 뒤로, 가족이 세 명이니까 3이라는 숫자와 연관된 물건을 모았다. 이 그림 접시도 그중 하나다.

그림 접시를 보고 있노라면 즐거웠던 날들이 머릿속에 떠오른다.

"이 이어 플레이트는 한 장 한 장 손으로 직접 그려서 만든 거야. 가게에서 접시를 쭉 늘어놓고 보여주었는데 제일 진한 파란색 접시를 샀어" 하며 자랑스럽게 말했던 남편.

"와, 배 세 척이 봄을 기다리다니 참 평화롭고 화목해 보인다"라고 말하며 다로에게 보여주고 들떴던 나. 행복했던 추억은 너무나도 멀게만 느껴졌다. 대체 이유가 무엇일까? 이 말을 마음속에 되뇐다. 왜 이렇게 되고 말았나? 봄이라는 게 영영 오지 않을지도 몰라. 우리 가족은 얼어붙은 운하에 묶여서 영영 빠져나오지 못하는 게 아닐까?

문득 그런 생각을 하니 두려워서 그림을 더는 볼 수 없었다. 벌떡 일어나 그림 접시를 벽에서 떼어 상자에 담았다. 이제 이것을 볼 일도, 진정으로 웃을 날도 두 번 다시 오지 않겠지.

"그럼 이것으로 신청이 완료되었습니다. 나머지는 아동상담소에서 연락이 갈 테니 그때까지 기다려주세요."

시청에서 치료수첩(치료 상황 등을 기록하고 환자와 의료기관이 정보를 공유하기 위한 책자—옮긴이)을 신청하자 서류가 창구 저 편으로 사라졌다. 나는 지금이라도 손을 뻗어 그 서류를 취소하고 싶다는 충동에 사로잡혔다.

치료수첩은 사회에서 여러 지원을 받아 치료하기 위해 꼭 필요한 것이지만, 동시에 다로의 장애를 공공연하게 인정하는 것이기도 하다. 즉 다로의 장애를 '수용'하는 셈이다. 나는 아직 아무것도 받아들일 수 없는데 치료수첩을 신청한다는 게 왠지 모순된 행동 같았다.

남편도 회사를 결근하고 같이 와주었지만, 우리 둘 사이에는 무거운 기운이 흘렀다. 서로 아무 말도 하지 않았다.

문득 눈물이 뺨을 타고 흘러내려 얼른 손수건으로 닦았다. 나는 요즘 걸핏하면 눈물이 난다. 갑작스레 바뀐 운명을 받아들일 수도 없는데 앞으로 어떻게 해야 할지 모르겠다.

시청을 나와 터벅터벅 찬바람 속을 걸으며 생각했다. 다로를 가졌을 때는 태교에 신경을 많이 썼다. 하지만 둘째 아이는 그럴 여유조차 없다. 뱃속의 아이에게 그저 미안할 따름이다.

언제까지 이렇게 슬퍼야만 하나? 언젠가 다로의 장애를 받아들일 수 있는 날이 오기는 할까? 어떻게든 현실을 받아들이려고 몸부림쳤지만, 계속 이런 상태다.

매일같이 눈물을 흘리는 와중에도 출산 때까지 해야 할 일이 태산이다. 다로가 조금이라도 좋아질 수 있는 환경을 마련하려면 최선을 다해야 한다.

잠시 걷다 보니 어느새 오래된 보건소 건물에 도착했다. 공립 치료 상담창구가 있는 곳이었다. 처음 만난 거주지 담당 상담원은 상냥한 말투로 질문을 시작했다.

"진단을 받았을 때는 어떤 심정이셨습니까?"

어떤 심정이었냐고? 어떻게 표현하면 좋을까?

"상당히 충격이었습니다(지금도 마찬가지입니다). 하지만 아이를 조금이라도 낫게 할 방법이 없을까 해서 여기 오게 되었어요."

상담원의 설명에 따르면 B시에는 격주마다 한 번씩 그룹으로 받는 치료와 한 달에 한두 번 개별적으로 언어치료를 해주는 '언어치료실'이 있다고 했다.

"그룹 치료에서는 무엇을 하지요?"

"아이들을 몇 명씩 그룹으로 묶어서 선생님과 함께 산책도 하고 노래나 체조를 하기도 합니다. 상담을 해주는 직원도 있고, 다른 보호자들과 교류하실 수도 있을 거예요."

"그럼 언어치료실은 어떤 치료법을 쓰지요?"

"선생님이 아이와 일대일로 말을 이끌어내는 훈련을 합니다. 한 번에 사십 분 정도로 대화 내용은 아이마다 다르지요. 바로 언어치료로 들어갈 수 없는 경우도 많아요. 다로는 당분간 놀면서 선생님과 친밀감을 다지게 될 겁니다."

음 ……. 그 말을 듣고 나는 조금 실망했다. 내가 생각했던 치료가 아니었다. 처음부터 언어를 전문적으로 맹훈련시키는 것이 아니구나!

한 달에 몇 번 그런 치료를 받는 것이 무슨 의미가 있을까? 가족들이 매일 끊임없이 말을 걸어도 전혀 입을 뗄 기색이 안 보이는데 한 달에 몇 차례 간다고 아이가 얼마나 좋아질까?

그래도 일대일이고 다로에게 맞는 치료 계획을 세워줄지도 모른다는 생각에 일단 언어치료실 견학만 신청했다.

이때까지도 나는, 내가 직접 아이를 치료하겠다는 생각을 하지 못했다. 그저 제대로 진단만 받으면 아이의 상태가 호전될 때까지 전면적으로 의지할 만한 사회 시설이 있을 거라고 믿을 뿐이었다.

B시의 치료 시설 견학 날짜를 정한 다음, 나는 일단 다로를 데리고 친정이 있는 A시로 돌아갔다. A시에도 그런 시설이 있지 않을까 하는 기대에서였다. 시청에 문의하니 A시 자체에는 없지만 인접한 D마을에 민간 치료 시설이 있는데 대부분의 아이가 거기로 다닌다고 했다.

엄마라고 불러줘서 고마워

그래서 나는 어머니와 함께 다로를 데리고 바로 체험 수업에 가보기로 했다. 어머니가 다로를 안고 들어가자 드넓은 잔디밭과 크고 빨간 미끄럼틀이 눈에 들어왔다.

"다로, 안녕. 어서 와. 우리 함께 놀자꾸나."

선생님이 현관까지 마중 나와 상냥하게 말을 건넸다. 다로는 곧 실내의 조립식 미끄럼틀에서 신 나게 놀기 시작했다.

"처음에는 이 방에 익숙해지도록 마음껏 놀게 합니다."

선생님이 친절하게 설명해주었지만, 나는 다시 불안해졌다. 다로는 한번 마음에 드는 놀이를 계속 반복하는 경향이 있다. 과연 이 미끄럼놀이를 멈추고 다른 활동을 할 수 있을까?

"꺄아아악! 우아앙!"

아니나 다를까, 치료 시간이 되어 미끄럼틀을 치우자 다로는 화를 내며 울부짖기 시작했다. 사라져가는 미끄럼틀을 잡으려고 복도까지 쫓아가는 것을 어머니가 겨우 데리고 돌아왔다.

이날 치료에 참가한 아이들은 다로를 포함해서 여덟 명이었다. 다로 이외의 아이들은 선생님의 지시를 잘 따랐다. 선생님이 노래를 부르면서 체조를 했지만 다로는 흉내는커녕, 미끄럼틀이 사라져간 문만 응시하고 있었다. 보다 못한 어머니가 가끔씩 다로의 손을 잡고 억지로라도 따라 하게 했다. 치료 시간은

총 한 시간 정도였지만 다로는 전혀 적응하지 못했다.

집으로 돌아가는 길에 어머니와 차 안에서 대화를 나누었다.

"엄마, 솔직히 그 시설 어때요?"

"음 ……. 선생님들이 친절하고 분위기도 나쁘지 않지만, 교육 내용이 좀 ……. 아이들의 나이나 장애 정도도 제각각인데다 똑같은 걸 시키더구나. 그러면 누구를 위한 훈련인지도 알 수가 없잖니?"

"역시 그렇지요? 저도 그렇게 생각해요. 적어도 인원을 더 줄이든지, 일대일로 다로의 상태에 맞춰주면 좋을 텐데 ……."

B시의 언어치료실에서 체험 수업에 와도 좋다는 연락이 왔다. 다시 무거운 몸을 이끌고 전철로 우리 집이 있는 B시로 돌아왔다.

언어치료실을 찾아가자 아무것도 없는 넓고 밝은 방으로 안내해주었다. 다로는 삼십 분가량 밸런스 볼에 달라붙어 있었는데 선생님은 공을 흔들어주거나 장난감을 가지고 함께 놀아주었다.

여기서는 말을 못하는 아이를 무조건 앉혀 놓고 무언가를 훈련시키는 것이 아니라, 놀이를 통해 선생님과 친해지는 데 중점을 두는 것 같았다. 다로는 창문의 블라인드를 보자 다가가서

엄마라고 불러줘서 고마워

눈을 가까이 대고 고개를 좌우로 흔들기 시작했다.

"가로나 세로줄만 보면 저래요."

"아직 나이도 어리고 좀 더 긴 안목으로 보셔도 되지 않을까요?"

긴 안목으로 ……. 다로에게 장애가 있다는 사실을 알고부터 여기저기에서 들은 말이다. 정말로 그래도 된다면 얼마나 좋을까. 하지만 가만히 지켜만 본다고 언젠가는 다른 아이들처럼 성장해줄까?

나는 다로가 직선에 집착할 때마다 당장 멈추게 하고 싶은 충동에 사로잡힌다. 자폐 경향이 있다는 진단을 받고 나서는 더욱 그렇다. 마치 장애를 떨쳐내기라도 하려는 듯이 ……. 더 이상 방관만 할 수 없다는 생각에 나는 방금 들은 충고는 아랑곳하지 않고 다로를 창가에서 떼어내 장난감 차를 쥐여주었다.

"자, 다로야. 이거 재미있네. 이걸로 놀아보자."

언어치료실은 항상 아이들로 붐벼서 한 달에 한 번밖에 갈 수 없는데 그나마도 신청하고 석 달 이상 기다려야 했다. 나는 몹시 낙담했지만, 일단 다로의 기록을 남겨서 출산 후 B시의 자택으로 돌아오면 이용하기로 했다.

다음 날, 나는 간신히 기운을 내서 인터넷 검색으로 찾은 민간 비영리단체가 운영하는 치료 센터를 견학했다. 여기는 자폐아만 소수 그룹별로 치료하는 것 같았다. 자폐아만 받는 만큼 다로에게 맞는 치료를 해줄지도 모른다는 기대가 들었다. 나는 선생님과 함께 다로가 장난감 버스를 가지고 노는 것을 바라보다가 고통스러운 마음에 눈물을 보이고 말았다.

"이렇게 어린데 진단을 받았어요? 힘들었겠어요. 얼마나 놀라셨어요?"

"네, 좀 이상하다고 생각은 했었지만, 아직 어리니까 괜찮다고 얘기할 줄 알았거든요. 이 아이가 빨리 말을 할 수 있게 도와주고 싶은데 어떻게 하면 될까요?"

"어머니, 말이라는 것은 뇌가 어느 정도 성장해야 나온다고 합니다. 지금 당장 말을 하는 건 어려울지도 몰라요."

그럴지도 모른다. 아직 머릿속이 발달하지 않았으니 말을 못 하는 것이겠지. 빨리 말을 할 수 있게 뭐든 가르치는 것이 다로의 발달 속도를 거스르는 일일까?

"하지만 뭐든 치료를 받게 하고 싶습니다. 홈페이지를 보니 여기는 소수 정원으로 치료를 해주신다고 되어 있던데, 우리 아이도 참여할 수 있을까요?"

엄마라고 불러줘서 고마워

"대단히 죄송하지만, 실은 다다음달부터 시작하는 새 반이 이미 만원이에요. 대기하는 아이들도 많이 있고요."

"그래요? 정원이 몇 명인데요?"

"저희는 그렇게 큰 시설이 아니라서 한 반에 여섯 명이 전부입니다."

아, 이게 대체 무슨 말인가? B시는 인구 약 사십만 명의 대도시다. 특히 여기는 치바 현에서도 자폐증 치료가 왕성한 지역이라고 들어서 기대했는데, 가는 곳마다 바로 치료를 받을 수는 없다니 ······.

시내에 다로와 같은 장애아가 얼마나 있는지 몰라도 말을 못 하는데 어디에서 훈련을 받을 수 있단 말인가? 예약이 취소되기만 애타게 기다리는 아이들도 많이 있다는데 그럼 그 아이들은 그동안 어떻게 시간을 보낸단 말인가? 이것이 발달장애를 지닌 아이가 직면한 현실일까?

나는 일단 일말의 기대를 안고 대기자 신청을 한 다음, 힘없이 밖으로 나왔다.

유모차를 밀면서 생각했다. 겨우 두 살에 발달장애 진단을 받았다. 지금 당장 치료가 시급한데 효과적으로 매일 훈련받을 만한 시설도 마땅히 없다.

게다가 몇 군데 시설을 둘러보고 느낀 점이 있었다. 공립 치료 시설은 어쩌면 내가 바라는 것처럼 말을 할 수 있도록 제대로 훈련시키기 위한 곳이라기보다는 아이들이 있을 곳을 제공하고 부모들을 정신적으로 지지해주는 데 중점을 두는 곳이 아닐까? 물론 부모에게 정신적인 지원도 필요하다. 또 한 달에 몇 번의 치료라도 사람들과 교류할 기회를 늘려서 상태가 호전되는 아이가 있을지도 모른다.

하지만 위험천만한 출산을 눈앞에 둔 나에게는 시간이 얼마 없다. 부모의 욕심일지 모르지만 어떻게든 최대한 빨리 다로를 자극해서 말하는 모습을 보고 싶었다.

간신히 버스 정류장에 도착해서 시간표를 보니 다음 버스가 올 때까지 이십 분이나 기다려야 했다. 무거운 배가 부풀 대로 부풀어 올라서 이제 걷는 것도 힘들다. 나는 유모차를 세워놓고 버스 정류장의 오래된 나무 의자에 잠시 걸터앉았다. 그때 어디선가 경쾌한 웃음소리가 들려왔다. 뒤를 돌아다보니 버스 정류장 뒤쪽은 전부 잔디로 된 공원이었다. 유모차를 밀고 온 대여섯 명의 엄마들이 큰 돗자리를 펴고 앉아 있었다. 그 천진난만하게 빛나는 미소라니.

당신들은 마냥 즐겁지요? 피크닉하기 딱 좋은 날씨니까. 나도 전에는 당신들 틈에 낄 수 있었는데 ……. 아무 걱정 없이 아이들을 기를 수 있는 당신들이 너무 부러워.

나는 이제 아이들의 미래에 대한 희망을 품고 마냥 즐거워하기만 했던 그 시절로는 돌아갈 수 없다고 생각하니 또다시 눈물이 흘렀다.

더 이상 울지 않으려고 고개를 들자 파란 하늘과 길가에 심긴 벚나무 끝에 작은 봉오리가 달린 것이 희미하게 보였다. 봄이 와도 나와 다로는 봄을 만끽할 수 없을 것 같았다.

도대체 어떻게 하면 앞으로 나아갈 수 있을까? 발달장애는 고칠 수 없다지만 정말 손쓸 방법이 없을까? 다로의 상태가 나빠지는 것을 이대로 지켜볼 수밖에 없는 것일까? 그럴 수는 없어. 제발 부탁이에요. 누구든 우리를 좀 도와주세요!

도저히 눈물이 멈추지 않아서, 나는 왼손으로 눈물을 닦고 오른손으로 유모차를 밀면서 서둘러 웃음소리가 가득한 버스 정류장을 빠져나왔다.

다로에게 맞는 교육기관을 찾지 못한 나는 좌절을 안고 A시의 친정으로 돌아왔다. 인터넷을 열고 다로의 말문을 틔워줄 효과적인 교육기관이 없을까 검색하는데 눈에 띄는 홈페이지가 있었다.

"엄마, 있잖아요. 저 아무래도 도쿄에 가서 이 사람들을 만나서 직접 얘기를 해봐야 할 것 같아요."

그렇게 말하고는 인쇄한 종이를 어머니에게 건넸다.

"미국에서는 자폐증이나 전반적 발달장애 교육으로 ABA 방식이 주로 쓰인다는데 여기가 그런 곳이래요. ABA 방식을 따르는 부모와 치료 관계자들의 모임 같아요. 인터넷에 24개월, 말 못함, 자폐, 전반적 발달장애 같은 여러 가지 키워드를 넣어서 검색해봤더니 여기가 나왔어요."

어머니는 왠지 불안한 듯한 표정을 지었다.

"ABA라니 들어본 적도 없구나. 인터넷에 있는 정보를 과연 신뢰할 수 있을까? 혹시 장애 진단 받고 지푸라기라도 잡으려는 부모들을 속이는 이상한 조직은 아니겠지?"

"음, 이상한 곳은 아닌 것 같아요. 이 모임에 대해 쓴 사람의 블로그를 읽어봤는데 아주 진지하게 아이들의 교육을 생각하는 모임이래요. 이 모임에 들어가 공부하면서 치료하니 아이가 말을 할 수 있게 됐다는 사람도 있고요. 아이마다 다르니 같은 방법을 쓴다고 다로가 말을 하게 될지는 모르겠지만, 치료 시설도 못 찾고 이대로 시간만 허비하는 것보단 나을 것 같아요. 뭔가 방법을 찾아야죠."

"네 마음은 이해하지만, 거긴 도쿄 저 끝에 있는 덴엔초부 아니냐? 여기서 전철을 갈아타고 가면 세 시간은 족히 걸릴 텐데 홀몸도 아니면서 괜찮겠어?"

"한번 해볼래요. 출퇴근 시간대는 피해서 이동하려고요. 한창 일이 바쁠 시기에 죄송하지만 이런 기회는 좀처럼 없을 거예요. 부탁드려요. 제가 도쿄에 갔다 올 동안 다로를 좀 맡아주세요."

나의 열의에 부모님은 지고 말았다. 일정을 조정해서 하루 동안 다로를 맡아주기로 약속했다.

나는 도쿄의 어머니 모임에 참석할 때까지 벼락치기로 사전 지식을 얻어두고자 즉시 ABA 책을 구입했고, 인터넷 검색과 책을 통해 전체적인 개념을 익혔다.

ABA는 '응용행동분석'이라고 일컬어지며 과학적으로도 그 효과가 검증되었다고 한다. 대표적으로 미국의 로바스(O. Ivar Lovaas) 박사가 여러 해에 걸쳐 조기 치료를 연구해오고 있다. 그는 ABA 방식으로 두세 살의 자폐아를 교육했는데, 놀랍게도 지적인 수치가 정상으로 나왔을 뿐만 아니라 초등학교의 일반 학급에도 입학하는 놀라운 결과가 나왔다.

나 같은 아마추어가 단기간에 치료 교육법을 얼마나 익힐 수 있을지는 몰라도 ABA의 기본 원리 자체는 간단했다. 늘리고 싶은 행동은 강화하고(보상을 줌), 반대로 줄이고 싶은 부적절한 행동은 소거(보상을 주지 않음)하는 것이다.

결국 보상으로 다로를 유도하는 셈인데 …….

미국에서는 무료로 ABA 치료를 받을 수 있는 곳도 있다고 한다. 불안한 마음이 없지는 않지만, 공적으로 인정받은 치료법이니 도전해볼 가치는 있지 않을까? 그렇다고 로바스 박사가 해낸 것처럼 다로가 지금의 지적장애로부터 정상적인 지능까지 도달하리라고는 기대하지 않는다. 그런 엄청난 성과가 나온 것은 전문가가 계속 옆에 있어준 덕분일 테니까. 거기까지는 바라지도 않았다.

내가 바라는 것은 단 하나.

단 한마디라도 좋다. 제왕절개수술을 받기 전에 다로가 말을 하는 모습을 보고 싶다. 그걸 위해서라면 무엇이든 할 수 있을 것 같았다. 어머니 모임에 들어가면 ABA에 대해 뭐든 배울 수 있으리란 기대를 품고 갔다.

"스기모토 씨지요? 처음 뵙겠습니다. 제가 전화를 받았던 담당자입니다. 이렇게 멀리까지 힘드셨지요. 몸은 어떠세요?"

씩씩하고 밝은 표정의 여성이 입구에서 맞이해주었다.

"지금은 괜찮지만, 갑자기 안 좋아져서 밖에 나가야 할지도 모르니 입구 쪽에 앉을게요."

나는 널따란 방에 둘러앉은 사람들 틈에 끼어서 앉았다. 주위를 둘러보니 스무 명가량의 엄마들이 앉아 있었다.

먼저 한 사람씩 자기소개를 하고 자신들이 얼마나 육아에 고군분투하는지 털어놓았다. 그러면서도 자기 의견을 확실히 말하는 엄마들의 표정에 나는 압도되었다.

어라, 뭔가 내가 상상하던 분위기와 전혀 다른데? 어느 누구도 나처럼 절망적인 것 같지 않았다. 아이에게 장애가 있으니 이제 평생 웃을 일도 없으리라고 생각하는 사람은 나뿐인 것 같았다.

제일 먼저 초대 손님으로 참가한 소아신경전문의 선생님(나중에 다로의 주치의가 되었다)이 강연을 하고 나서 드디어 모임이 시작되었다.

옆에 앉은 선배 엄마들이 손수 제작한 교재를 보여주었다. 깔끔하게 코팅하고 고리로 연결해서 묶은 PECS(그림 교환 의사소통 체계, Picture Exchange Communication System)라는 그림 카드인데 말 대신 사용한다고 했다. 책, 블록 등 알록달록한 교구재도 있었다. 나는 말을 하는 아이와 못하는 아이 각자에게 맞는 교재를 엄마들이 직접 연구해서 만든다는 사실을 알고 감탄했다.

내가 공교육에서 원했던 바로 그 방식이다. 기존의 교육 틀에 다로를 끼워 넣는 것이 아니라. 다로의 이해 수준에 맞추어서 필요한 계획이나 교재를 선택하고 개별적으로 교육해나가는 것 말이다.

ABA를 어떤 식으로 하는지 아직 실제로 본 적은 없지만, 개인별로 수준에 맞추어 치료하는 방식에 상당한 매력을 느꼈다.

엄마 회원들과 얘기해보니 이 쓰미키 모임은 장애를 서로서로 위로하는 모임이 아닌 듯했다. 장애를 직시하고 아이가 하나라도 더 스스로 할 수 있도록 진지하게 ABA 치료법을 실행하는 매우 긍정적인 모임인 것 같았다. 친정어머니가 우려했던 것처럼 수상한 모임은 아닌 것 같아 다소 안심이 되었다.

계속 이야기를 나누는데 갑자기 처음에 나에게 말을 걸었던 사람이 찾아와 자신이 가져온 교재를 보여주었다.

타파 통에 저금통 같은 작은 구멍을 뚫어 바둑알을 넣는 등,

손으로 만든 교재도 있었다. 손가락 끝을 훈련시키기 위해 만든 것이라고 한다. 두 조각만으로 된 간단한 퍼즐도 있었다. 그 사람은 ABA의 기본 방식인 '촉구'에 대해서도 설명해주었다.

"이것이 촉구예요. 처음에는 이렇게 아이의 손을 잡고 함께 합니다"

그러면서 내 손을 잡고 친절하게 시범도 보여주었다.

"ABA에는 여러 가지가 있어요. 책상에서 가르치는 ABA 외에 생활 속에서 말을 가르치는 방법도 있답니다. 저는 길을 걸을 때도 뭔가 가르칠 게 없을까 늘 연구해요."

"네? 길을 걸을 때도요?"

대단해. 그토록 적극적으로 아이를 가르치고 있구나. 생각해보니 나는 아이에게 언제 어디서든 말을 가르치려고 노력해본 적이 없었다. 그것을 깨닫자 내가 해야 할 일, 지금 당장 할 수 있는 일이 갑자기 많이 생긴 듯했다.

나는 퇴근 시간보다 한발 앞서 전철을 타려고, 도와준 사람들에게 감사의 말을 전하고 모임을 나왔다. 집에서 나설 때보다 훨씬 마음이 가벼워진 것 같았다. 오랜만에 희망이 생겨서 그런지 세상의 모든 것이 밝게 보였다.

드디어 나아갈 방향을 찾았다고 생각하니 힘이 솟구쳤다.

이대로 울고만 있으면 아무것도 변하지 않아. 그냥 시간만 흐를 뿐이야. 나도 선배 엄마들처럼 열심히 해보자. 설령 몇 달 후에 나에게 무슨 일이 생긴다 해도 끝까지 다로의 장애에 맞서 싸워야지. 그것이 부모로서 내가 가야 할 길이니까.

나는 조금씩 해오던 일을 접었다. 그리고 치료 시설에는 나가지 않고 쓰미키 모임의 회원이 되어 ABA를 집에서 실시하기로 했다.

- 길가에서 두세 발짝 걷고 땅바닥에 철퍼덕 널브러져 꼼짝도 하지 않을 때
  ⇒ 사람들 눈이 두려워 태도를 바꾸지 않는다. 이것도 걷는 연습이라며 마음을 굳게 먹고 의연하게 대한다. 아이가 울면서도 조금이라도 걸으면 한껏 칭찬한다.

- 자기자극에 대처하기
  ⇒ 옷장 같은 움직이지 않는 물건에 눈을 갖다 댈 때 : 안아서 다른 장소로 이동한다. 그곳에서 다른 행동을 하게 하는 식으로 흥미를 유도한다.
  ⇒ 아이가 손에 무언가를 들고 있을 때 : 아이 손에 엄마 손을 대고 적절한 놀이 방법을 반복적으로 가르친다.
  ⇒ 유치원 자유선택활동 시간에 잘 가지고 노는 장난감이나 블록 등 같은 물건을 구입하여 집에서도 적절한 놀이 방법을 반복적으로 가르친다.

- 지시 따르기
  ⇒ 지시가 떨어지기 전에 블록을 넣으려고 할 때 : 손을 가볍게 제지하면서 '넣어'라고 말하고, 그릇 위에서 살짝 잡고 있던 손을 놓는다. 블록이 그릇에 들어가면 '잘하네!' 하고 칭찬한다.
  ⇒ 집 안에서 놀고 난 후, 장난감에 손을 포개서 '넣어'라는 지시와 함께 큰 깡통에 넣게 한다.
  ⇒ 슈퍼마켓에 가서도 '넣어'를 연습한다. 살 물건을 아이에게 들게 하고 '넣어'라는 지시와 함께 바구니에 넣게 한다.

- 짝 맞추기
  ⇒ 슈퍼마켓에서 다 사용한 바구니를 모아서 치우는 일은 아이의 몫으로 한다.
  ⇒ 구두를 '같은 것끼리' 짝을 맞추는 것도, 책상 위에서 우선 가르치고 일상생활에서도 같은 말로 짝 맞추기를 시킨다.

- 원하는 것을 말하게 하기
  ⇒ 아이가 원하는 것을 몸으로만 표현하고 말은 안 할 때 : 아이가 엄마의 입모양을 보게 한 후, 아이에게 듣고 싶은 말("해 줘")을 한다. 그런 다음 바로 아이가 원하는 것을 해준다. 이 방법을 계속 반복한다.

제3장

ABA 치료 시작

반복되는
시행착오 속에서

26개월~27개월

"해줘."
거의 알아듣지 못할 정도로 발음이 나빴지만, 다로가 내 말을 흉내 낸 것이다.
나는 눈을 크게 뜬 채, 옆에 서 있는 남편을 올려다보았다.
"여보, 지금 한 말 들었어?"
"응, 지금 다로가 말을 했지?"
해냈다! 굉장해. 다로의 입에서 처음으로 의미 있는 소리가 나오는 것을 들었다.
바로 이거야. 이 방법은 앞으로도 쓸 수 있을 것 같아.

어느덧 봄이 되어 다로의 공립유치원 입학 날이 코앞에
다가왔다. 다로에게 장애가 있다고 진단받기 전인 작년 11월에
신청해놓은 것이었다. 엄마가 직장에 다니지 않아도 다섯 달 동
안은 공립유치원에 보낼 수 있다고 했다.

　다로에게 지적장애가 있다는 사실을 알고 나서는 보통 아이
들과 함께 지내게 해도 될지 망설였다. 하지만 마땅히 다로에게
맞는 교육 시설도 없어서 결국 유치원에 보내기로 했다. 일단
유치원을 다니면서 집에서도 교육을 병행한다는 계획이었는데
나에게나 다로에게나 큰 결단이었다.

　친정에서 다로가 다닐 유치원까지는 차로 이십 분 정도 걸린

다. 유치원은 나지막한 언덕 위에 있는 건물로 큰 벚나무에 둘러싸인 넓은 정원도 딸려 있다. 환경은 나무랄 데가 없었다.

원아 수는 모두 아흔 명. 다로가 들어갈 두 살 오리 반은 원아 열 명에 담임선생님이 두 명이라고 했다.

"와, 넌 누구니?"

"얘, 이름이 뭐야?"

처음 유치원 교실에 아이의 손을 잡고 들어서자 바로 아이들이 말을 걸어왔다. 모두 말을 하는구나 ……. 순조롭게 성장하는 아이들이 부러워 가슴이 저려왔다. 정신을 차리고 보니 다로는 말을 거는 친구들은 아랑곳없이 넓은 방 한가운데 우두커니 서서 창문 위를 바라보았다. 거기에는 다로가 좋아하는 환풍기가 돌아가고 있었다. 다로는 이내 큰 소리로 웃으면서 제자리에서 빙글빙글 돌기 시작했다.

"까야아아!"

"와, 나도!"

아이들 세 명이 다로를 따라 모두 발레리나처럼 양팔을 벌리고 빙글빙글 돌기 시작했다.

"와, 더 이상 못하겠어."

아이들은 어지러운 듯 철퍼덕하고 차례차례 바닥에 엉덩방아를 찡었지만, 다로만 혼자서 기분 좋게 계속 돌았다. 한마디도 못하는데 과연 다른 아이들과 함께 생활할 수 있을까. 나는 불안한 마음으로 원장 선생님과 약속한 면담 시간을 기다렸다.

"죄송합니다. 처음에 신청했을 때는 아직 장애 사실을 알지 못했기에 미처 말씀을 못 드렸습니다."

아직 나 자신이 자식에게 장애가 있다는 사실을 받아들이지 못했는데 다른 사람에게 이를 설명해야 하는 것이 너무도 힘들었다.

"어머니, 다로는 아직 어린데 용케도 이상한 조짐을 눈치 채셨네요. 그만큼 어머니가 아이를 살뜰히 보살핀다는 말이지요. 걱정이 많겠지만 모두 함께 힘을 합쳐 다로를 보살필 겁니다. 저희에게 맡기시고 어머니는 출산에 대비하세요. 안심하셔도 됩니다."

원장 선생님이 따뜻하면서도 단호하게 말해서 다소 안심이 되었다.

유치원에 들어가면서 우리 모자의 생활 리듬도 바뀌었다. 일도 안 하면서 낮에는 아이를 유치원에 맡기고 편히 쉰다는 사실에 죄책감도 들었다. 하지만 그 시간 덕분에 매일 벌어지는 다로의 히스테리로 지친 몸과 마음을 잠시라도 추스를 수 있었다.

이렇게 오전 중에는 체력과 기력을 아껴두었다가 다로가 돌아오는 오후 시간에 전력투구했다. 우선 다로에게 규칙적인 생활 습관을 들이기 위해 매일 거의 같은 시간대에 치료를 실시하기로 했다. 책상에 앉아서 하는 ABA 목표 시간은 월요일부터 토요일까지는 하루 세 시간, 일요일은 여섯 시간, 그 밖의 시간에도 다로가 잠들기 전까지는 전부 ABA 방식으로 아이를 대하기로 했다.

먼저 이른 아침에 한 시간 정도 ABA 치료를 한다. 다로는 식사 때가 되면 으레 기분이 나빠져 음식을 집어던지거나 의자에서 뛰어내리는 등 발작을 일으키는 일이 많기 때문이다. 오후 치료도 저녁 식사 전후에 한 시간씩 하기로 목표를 정했다.

집안일은 가족끼리 분담하고, 그것도 여의치 않을 때는 반드시 다로가 유치원에 가 있는 시간이나 잠들고 나서 했다. 가족 중 누군가가 늘 다로의 곁을 지키게끔 하기 위해서였다.

그런데 유치원에 다니기 시작한 지 사흘째부터 심상치 않은 변화가 생겼다. 차에서 내릴 때는 씩씩한데 두세 발짝 걷고는 땅바닥에 철퍼덕 널브러져 꼼짝도 하지 않는다. 아니면 다리가 뻣뻣해져 무릎을 굽히지 않은 채 우두커니 서 있다. 임신 중이어서 아이를 안아 올리기가 쉽지 않았다. 그래서 무리하게 팔을 잡아당겨 간신히 걷게 하면 큰 소리로 울곤 했다.

그럴 때면 다른 아이들이나 부모들이 지나가며 그 모습을 쳐다보았다. 예전에 백화점에서 다로가 너무나 심하게 울었던 적이 있었다. 사람들이 모여들어 왜 아이를 달래지 못하느냐는 듯한 시선을 보냈는데 그 후부터 사람들 눈을 의식하게 되었다. 울리지 않으려고 사탕을 준 적도 있었다.

그러나 발달장애에 맞서 싸우겠다고 결심한 이상, 예전의 방법을 쓸 수는 없었다. 사람들 눈이 두려워서 내가 태도를 바꿀 수야 없지 않은가! 이것도 걷는 연습이라며 마음을 굳게 먹고 의연하게 다로를 대하기로 했다.

"자, 걷자."

"우갸아아아 ……."

"그래, 잘했어. 두 발짝이나 걸었네."

나는 다로가 울면서도 조금이라도 걸으면 한껏 칭찬해주면서 한편으로 엉덩이가 땅에 닿기 전에 뒤에서 양 옆구리를 잡아 넘어지지 않게 했다. 땅바닥에 드러눕기라도 하면 일으켜 세우기가 어려워서였다.

　주차장에서 유치원 현관까지는 어른 걸음으로 삼 분 정도 거리지만, 다로와 함께 걸으면 몇 배나 더 시간이 걸렸다.

　다로가 너무 심하게 우는 날은 이런 생각도 들었다. 이제 겨우 두 살, 유모차를 탄 또래도 많지 않은가? 얼마 되지도 않는데 그냥 유모차를 쓸까? 나는 그런 유혹을 떨쳐내려고 유모차를 아예 창고에 처박아두었다.

　다로는 유치원에 들어가서도 구석에 서서 목이 터져라 울부짖었는데 그럴 때면 가슴이 아파서 발걸음이 떨어지질 않았다. 그런데 다른 신입생 아이도 덩달아 울기 시작했다. 우리 다로만 우는 게 아니구나, 하고 안심하는 순간, 남자아이가 소리를 질렀다.

　"엄마가 그리워요! 엄마!"

　아니, 그립다고? 같은 또래인데 벌써 그런 어려운 말을 쓰다니. 울면서도 자신의 감정을 표현할 수 있구나 ……. 아이는 엄마가 떠나고 나서도 선생님에게 안긴 채 엄마가 간 방향으로 손을 뻗으며 울었다. 저 아이는 엄마가 떠나서 슬퍼하고 있구나.

　다로 역시 울고는 있지만 내가 방에 있어도 쳐다보지 않고 다

가오지도 않는다. 나와 헤어지는 것이 싫다기보다 유치원이 낯선 모양이다. 자폐 증상이 심해지기 전의 다로였다면 틀림없이 내 뒤를 따라오며 울었을 것이다. 다로는 분명히 내 앞에 있지만, 나를 그리워하는 마음은 잊어버렸다. 그 사실이 나는 무척 서글펐다.

다로를 유치원에 맡길 때, 오랜 시간 집단생활을 할 수 있을까 하는 문제 말고 또 다른 걱정이 있었다. 집에서 하는 교육과 유치원에서 하는 교육이 다르면 다로가 혼란스러워하지 않을까 하는 걱정이었다. 그렇게 되면 아무리 안팎으로 노력한들 소용이 없을지도 모른다.

사실은 가정에서 제대로 ABA 치료를 해서 말을 어느 정도 이해할 수 있을 때 집단생활을 하는 것이 제일 이상적이다. 그러나 우리에게는 그럴 시간이 없다. 집과 유치원의 교육 방식에 차이가 있다면 그것을 조금이라도 줄이기 위해서는 역시 담임 선생님들과 긴밀히 연락을 취하는 수밖에 없을 것 같았다.

처음에는 선생님들에게 감히 그런 요구를 해도 될지 망설였다. 그렇지 않아도 다른 아이들보다 손이 많이 가는데, 이렇게 저렇게 해달라고 하면 극성 엄마라고 생각하지 않을까 염려했다. 하지만 나중에 후회해도 소용이 없다. 여기서 멈칫하면 결국 다로만 손해다. 고민 끝에 나는 일단 몇 가지 사안만 선생님들께 도움을 구하기로 했다.

　우선 자기자극에 대한 대처 방안이다. ABA 방식을 따르고부터 나는 자기자극을 최대한 다른 행동으로 대체하도록 유도했다. 다로는 24개월 무렵부터 바닥에 머리를 쿵쿵 찧는다든지, 빙글빙글 도는 행동을 보였다. 또 고개를 심하게 좌우로 흔드는 등, 자기자극으로 보이는 여러 가지 행동이 나타났다. 현재 제일 문제가 되는 것은 직선에 집착하는 행위다. 테이블 모퉁이 등에 눈을 가까이 대고 좌우로 고개를 흔들곤 한다. 아니면 옆으로 긴 물건에 눈을 가까이 대고 몸을 좌우로 흔든다.

　아침에 유치원에 등원하면 자유선택활동이 시작된다. 하지만 아직 노는 방법을 거의 모르는 다로에게는 자유가 버겁다. 다른 아이들은 플라스틱 블록으로 무언가를 쌓고 있는데 다로는 블록 중에서 가장 긴 것을 주로 집었다. 그리고 양손으로 블록을 들고 눈을 아슬아슬하게 가까이 대고 좌우로 움직이기 시작했다. 나는 그것을 보면서 담임인 마리코 선생님에게 설명했다.

　"이것이 자기자극이라는 거예요."

"자기자극이요?"

"네, 자기자극은 목적이 없는 단조로운 반복 행위예요. 그것의 원인에는 여러 가지 가설이 있는데 스스로 뇌에 자극을 주기 위한 행동이라는 설도 있어요. 어쨌든 혼자 조용히 노니까 아무도 방해하지는 않아요. 하지만 방치해두면 쉽사리 그만두지 않지요. 어떻게든 선생님이 그런 행동을 말리고 정상적인 행동으로 유도해주셨으면 합니다. 죄송하지만, 유치원에 있는 동안 선생님들의 협조를 구할 수 있을까요?"

"알았습니다. 다로 하나만 돌보는 게 아니니 바로 조처할 수 없을 때도 있겠지만, 최대한 협조하겠습니다. 이럴 때 댁에서는 어떻게 하시나요?"

"옷장 같은 움직이지 않는 물건에 눈을 갖다 댈 때는 안아서 다른 장소로 이동합니다. 그곳에서 다른 행동을 하게 하는 식으로 다른 것에 흥미를 유도하죠. 또 무언가를 들고 있을 때는 다로의 손에 제 손을 대고 적절한 놀이 방법을 반복적으로 가르치고 있습니다."

"알았습니다. 보통 아이들처럼 놀 수 있도록 최대한 유도해보겠습니다."

"잘 부탁드립니다."

엄마라고 불러줘서 고마워

나는 이렇게 선생님들께 협조를 구하는 한편, 유치원 자유선택활동 시간에 잘 가지고 노는 장난감이나 블록 등과 같은 물건들을 구입했다. 그 장난감으로 다로에게 적절한 놀이 방법을 반복적으로 가르쳐서 자기자극보다 재미있는 놀이가 있다는 사실을 알려주고자 했다.

유치원 선생님들은 무조건 "저희는 프로예요. 맡겨주세요"라고 말하지 않았다. 혹시 내가 병원에 갔다 오면 "의사 선생님께 어떤 조언을 받으셨어요?", "이럴 때 댁에서는 어떻게 하세요?"라고 수시로 물으면서 어떻게 하면 다로를 향상시킬 수 있을지 늘 신경 써주었다.

"다로 어머니, 이제 다로가 빨대로 물을 마시게 하지 마세요."

"네, 그러면 안 되는 걸 뻔히 알면서도 아무것도 안 마시면 건강을 해칠까 봐 ……."

"괜찮아요. 어머니가 컵에 입을 댈 수 있게 연습시켰으니 저희도 좀 더 신경 쓰겠습니다. 본격적으로 더워지기 전에 컵으로 바꿉시다."

나는 언어교육에만 열을 올리고 가정교육은 뒷전이었다. 같은 반 아이들은 벌써 혼자서 바지를 갈아입고 대부분 기저귀도

떼었지만, 다로는 스스로 할 수 있는 것이 없었다.

담임인 마리코 선생님과 유리 선생님은 바지를 갈아입는 법을 어떻게 지도해야 하는지 나에게 직접 보여주었다. 다로를 위해 나에게 이것저것 요청하는 선생님들의 열의와 솔직함에 감동했다. 다로의 가능성을 믿고 따뜻하게 격려해주는 원장 선생님에게도 새삼 존경심이 우러나왔다.

유치원 입학 전 상담 때 원장 선생님이 의연하게 해주었던 말이 정말 현실화된 것이다. 고맙게도 선생님들의 협조 체제는 내가 기대했던 것 그 이상이었다.

그중 한 가지 예가 상대방을 확실히 인식시키기 위한 눈 맞추기 훈련이었다.

"다로야, 안녕!"

현관에서 신발을 벗기면 다로는 쳐다보지도 않고 선생님 곁을 지나치곤 했다. 선생님이 다로 앞으로 다가와도 무표정한 얼굴로 전혀 관심을 보이지 않았다. 다로가 선생님 눈을 볼 때는 대개 뭔가 원할 때뿐이고, 그렇지 않을 때는 아예 거들떠보지도 않았다.

그렇지만 이 유치원에서는 모든 선생님이 무릎을 꿇고 얼굴을

엄마라고 불러줘서 고마워

돌리는 다로에게 얼굴을 가까이 대어 시선을 맞추고 말을 걸어 주었다.

나는 적극적으로 다로를 대해주는 선생님들의 태도에 감사하면서 집에서도 같은 방식으로 눈 맞추기를 실천했다. 가족들 모두 집에 돌아오면 다로에게 눈을 맞추었다.

이렇게 유치원에서는 단체 생활을 하며 자립심을 기르고, 집에서는 ABA 치료에 중점을 두는 협력 체제가 갖추어졌다. 그래서 다로가 깨어 있는 동안에는 거의 누군가와 접촉하고 있어서 혼자 자기자극에 빠질 틈이 없었다.

미국에서는 'ABA 치료사'라고 불리는 전문가를 고용하는 경우가 많다고 한다.

인터넷으로 당장 검색해보니 일본에서도 전액 자비 부담이기는 하지만 ABA 유료 서비스를 제공하는 회사가 몇 군데 있었다. 그러나 내가 찾은 곳 중에 도심에서 멀리 떨어진 이곳까지 와주는 회사는 없었다. 로바스 박사는 대학생도 ABA 치료사로 채용했다는데, 이 근처에는 다로를 치료해줄 만한 ABA 치료사가 전혀 없었다.

쓰미키 모임에서는 부모가 직접 치료할 것을 권장했다. 아이와 늘 함께 있기에 ABA 치료에서 배운 것을 생활 속에서 실천할 수 있기 때문이다. ABA 치료사를 못 찾았다고 해서 ABA에 대한 희망이 사라진 것은 아니라고 나 자신을 다독였다.

다로를 가르치는 것 자체는 좋았다. 하지만 지금껏 배운 적도 없는 새로운 것을 갑자기 가르칠 수 있을까?

조기 치료는 시간과의 싸움이다. 이 치료는 뇌의 가소성(뇌의 신경 회로 어느 부분에 장애가 일어나도 다른 신경 회로를 발달시켜서 손상을 회복하는 뇌의 능력)과도 관계가 있어서 가능한 한 24개월 ~36개월 때부터 시작하는 편이 좋다고 한다.

내가 ABA를 확실히 배우고 숙지하려면 앞으로 몇 년이 더 걸릴지 모른다. 어쩌면 가장 좋은 시기를 놓칠 수도 있다. 한시가 급하다. 벼락치기 방식이나 해석으로 실패할지라도 그럴 때마다 원인을 파악하고 조정해나갈 수밖에 없다. 아무리 불안해도 달리 의지할 사람이 없다. 도쿄의 모임에서 만난 엄마들도 대부분 스스로 ABA 치료를 하지 않았던가? 나는 용기를 내서 ABA 치료를 시작하기로 결심했다.

쓰미키 모임 회원이 되면 《쓰미키 BOOK》이라는 ABA 치료 매뉴얼과 ABA 치료의 실제 모습을 담은 DVD를 구입할 수 있

엄마라고 불러줘서 고마워

다. 로바스 박사의 《더 미 북 *The Me Book*》이라는 책과, 미국에서 출판된 ABA 매뉴얼 몇 권을 참고로 해서 자폐증 자녀를 둔 부모가 쓴 책이다.

회원 가입 후 주문한 책과 DVD가 도착했다. '좋았어!' 심호흡을 하고 우선 목차를 훑어보았다. 다행히 생각보다 논문 같은 어려운 문장이 아니었다. 처음 ABA를 접하는 사람도 이해하기 쉽도록 전문용어도 자세하게 설명되어 있었다.

이 책은 블록을 그릇에 넣는 간단한 과제부터 동작을 따라 하는 과제, 음성을 획득하기 위한 훈련 방법 등을 자세히 소개하고 있었다.

그리고 마지막으로 사회성을 키우는 훈련까지 실려 있었다. 이렇게 여러 가지 항목으로 자세히 나눈 것은 '스몰 스텝Small Step'이라는 ABA의 특성 때문이라고 한다.

일반 아동이 성장 과정에서 지극히 자연스럽게 익히는 기술을 습득하지 못하는 발달장애 아동들을 위해 여러 단계로 나눈 것이다.

우와, 책에 있는 대로 전부 배울 수 있다면 얼마나 좋을까! 하지만 말도 전혀 못하는 상황에서 목표를 너무 높게 잡으면 스트레스를 받아 스스로 견디지 못할 것 같았다. 어쨌든 다로가 의미 있는 말을 하는 것을 꼭 듣고 싶은 마음이 간절했다. 어쩌면 이 역시 매우 높은 목표일지도 모른다. 하지만 내가 가장 절망한 부분이므로 이것을 목표로 정했다.

친정집은 지은 지 삼십 년이 지난 단층 목조 건물이다. 방의 개수는 많지만, 가족이 모두 각방을 써서 빈방이 없었다. 자폐아 ABA 치료에는 주의를 분산시키는 물건이 없는 간결한 방이 적합하다고 책에 쓰여 있다. 그래서 집 안에서 유일하게 불필요한 물건이 없는 불간(불상이나 위패를 모신 방—옮긴이)을 쓰기로 했다.

대형 불단은 옛날 집에서 가져온 것으로 한쪽 벽면에 고정되어 있다. 눈에 거슬리는 물건을 천으로 씌워둘 수도 있지만, 조상 대대로 내려온 불단을 마음대로 건드릴 수는 없다. 그래서 불단을 등지고 어린아이용 의자와 책상을 방 한가운데 놓았다.

로바스 박사가 고안한 ABA 치료는 주로 책상에 앉아서 하는 과제가 많다. 그러려면 우선 다로를 의자에 앉히는 연습부터 해야 했다.

"앉아."

"가가가 ……. 고고고."

엄마라고 불러줘서 고마워

다로는 무표정하게 계속 중얼거리며 내 지시에 따를 낌새도 보이지 않았다. 아니, 지시한 말의 뜻조차 이해하지 못했다. 다시 한 번 앉으라고 하고 팔을 당겨 앉혔다.

그러나 엉덩이를 살짝 붙이기가 무섭게 재빨리 문을 활짝 열고 뛰어나갔다. 이럴 때 억지로라도 앉히고 강화제라고 부르는 보상을 줘야 하는데, 나는 아직 익숙지 않아서 아무것도 하지 못했다.

이러면 안 되는데 ……. 몇 번을 해도 마찬가지였다. 나도 ABA를 할 수 있을 것 같다는 자신감 따위는 순식간에 사라져버렸다. 어떻게 하면 좋을까? 다로가 잠들고서 나는 《쓰미키 BOOK》을 펴고 어떡해야 할지 찾아보았다.

ABA의 기본 원리는 '촉구'를 통해 아이가 올바른 행동을 하면 바로 강화제, 즉 보상을 주는 것이다. 이끌어내고 싶은 행동에 상을 줘서 그 행동을 늘려나간다. 그리고 조금씩 '촉구'를 줄여서 언젠가는 아이가 혼자서 그 행동을 할 수 있도록 유도한다.

구입한 DVD를 틀어보니 ABA 치료사가 아이에게 과제를 시키고 나서 강화제를 줄 때까지 걸리는 시간이 놀랄 만큼 짧았다. 《쓰미키 BOOK》도 다시 읽어보니 일 초 이내에 상을 주라

고 쓰여 있었다. 빨간 펜으로 줄을 긋고 포인트를 확인했다. 아, 강화제를 더 빨리 줘야 하는구나.

책에는 ABA로 아이를 지도할 때 강화제가 중요하다고 나와 있다. 보상으로 주는 강화제는 그 아이가 가장 좋아하는 것을 주는 게 효과적이라 아이마다 다르다. 가령 먹는 걸 좋아하는 아이는 과자가 강화제가 되기도 한다. 물방울이나 간지럼을 좋아하는 아이에게는 그것이 강화제이다.

음식이 강화제라면 종류가 무궁무진하다. 하지만 다로는 먹는 행위 자체를 좋아하지 않는다. 소리나 빛이 나오는 책에 흥미를 보여서 그런 책을 몇 권 샀지만, 그것도 몇 번 보고 나면 내동댕이치고 말았다.

어떻게 하면 다로의 흥미를 끄는 물건을 찾을 수 있을까? 목표한 대로 잘 안 되는 이유는 강화제가 다로에게 별로 매력적이지 않아서 그럴지도 모른다. ABA 책을 나름대로 해석한 것이 맞는지도 자신이 없었다.

그러던 차에 쓰미키 홈페이지에 도쿄 정기 모임 개최 소식이 올라왔다. 이번에는 모임에 참가도 하고 지도 방법에 관한 강의도 들을 수 있을 것 같았다. 수도권 주변에서 연간 몇 차례 개최되는 모양이다.

출산까지 앞으로 두 달이 채 남지 않았다. 장시간 전철로 이동하는 것을 몸이 견뎌낼지 걱정이었지만 실제 ABA 치료사를 보고 싶어서 참가 신청을 했다.

말 그대로 백문이 불여일견이었다. 천 리 길도 마다하지 않고 달려온 만큼 정기 모임에서 얻은 정보는 그 후 다로의 성장에 큰 영향을 미쳤다.

자원봉사자에게 다로를 맡기고 남편과 함께 회의실에 들어갔다. 쭉 늘어선 의자에는 이미 예순 명은 돼 보이는 사람들이 앉아 있었다. 마이크를 돌려가며 한 사람씩 자기소개가 끝나자 드디어 정기 모임이 시작되었다.

많은 사람이 조용히 지켜보는 가운데 시범적으로 ABA 치료가 시작되었다. 먼저 가정에서 ABA 치료를 실천하는 부모들이 일대일로 치료 시범을 보인 후, 같은 아이를 대상으로 이번에는 모임의 대표인 후지사카 씨가 일대일로 치료를 시작했다.

"아" 하고 말하면, 다로 또래의 어린아이가 "아" 하고 따라 하는 음성 모방을 시범 중이었다. 소리를 전혀 따라 하지 못하는 다로와 비교하면 매우 수준 높은 과제를 해내고 있어서 부러웠다.

그런데 후지사카 씨의 치료를 보고 깨달은 것이 있었다. 임신 말기라서 배가 부른 탓도 있는데 그동안 나는 ABA 치료를 할 때 양반 다리를 하고 아이와 마주 앉았다. 하지만 후지사카 씨는 양반 다리가 아니라 발을 뻗고 앉았다. 아이가 일어나려고 하면 발가락 끝에 힘을 주어 아이의 의자를 앞으로 끌어당길 수 있다. 아이가 일어서려고 할 때마다 의자를 당겨서 다시 앉아 치료를 받게 했다. 이렇게 하면 책상 위에서도 ABA 치료가 순조롭게 진행되고, 책상 밑에서도 아이의 움직임을 조정해서 집중시키는 효과를 주었다. 처음에는 좀처럼 의욕이 없던 아이도 간단한 과제를 해냈을 때 바로 강화제를 주자 점점 의욕을 보이기 시작했다.

그 시범을 보니 ABA 치료는 성공 체험에서 시작해서 성공 체험으로 끝나야 아이에게 자신감을 심어줄 수 있다는 사실을 실감했다.

우리는 처음 접해보는 다양한 테크닉에 감탄하면서 배운 것을 열심히 메모해두었다. 일단 보상으로 준 장난감 강화제를 아이에게서 다시 회수할 때도 잡아당기지 않았다. 살짝 아이의 손목을 잡고 다른 한 손으로 조용하고 신속하게 가져갔다.

아이에게는 되도록 간단하고 이해하기 쉽게 말했다. 나처럼 계속 이름을 부르거나 중간중간 불필요한 말을 걸지도 않았다.

특히 강화제를 주는 타이밍이 매우 빨라서 모든 과정이 눈 깜짝할 사이에 끝났다. 간단하고 분명한 발음으로 지시해서 아이가 이해하기 쉬운 ABA 치료라는 생각이 들었다.

　세 팀의 시범이 끝나자 일반화 훈련 시간으로 열 팀이 교대로 ABA 치료를 실시했다. 같은 것끼리 짝을 짓는 과제를 수행하는 아이, 숫자 치료를 받는 아이, 음성 모방을 하는 아이 등, 저마다 과제도 다양했다. 또 과자를 강화제로 사용하는 부모도 몇 사람 있었는데, 의외로 아주 작게 잘라서 사용했다.

　쿠키는 5밀리미터 조각으로 딸기는 1센티미터 정도로 잘게 잘라 준비해둔다. 나도 모르게 선배 회원에게 말을 걸었다.

　"가입한 지 얼마 안 돼서 그러는데 왜 저렇게 잘라주나요?"

　"아, 네 ……. 강화제로 음식을 사용할 때 너무 큰 덩어리로 주면 금방 배가 부르고, 먹는 시간도 많이 걸려 저렇게 잘게 잘라서 주는 거랍니다."

　선배 회원은 그렇게 설명하고는 덧붙였다.

　"또 강화제의 효과가 확실히 나타나도록 평소에 주는 음식과 상으로 주는 과자는 엄격히 구분해야 하고요."

　다로는 이제 겨우 의자에 앉을까 말까 한 상태라서 과제의 난이도가 다른 사람과는 비교할 수 없이 낮았지만, 그래도 ABA 치료에 대해서 보고 들은 모든 것이 유익했다.

지난번 엄마 모임 때도 느꼈지만, 이 정기 모임도 아이의 장애를 그저 비탄만 하는 분위기는 아니었다. ABA 치료를 하는 부모와 아이, 그것을 지켜보는 사람들 모두, 어떻게 하면 아이를 조금이라도 향상시킬 수 있을까 하는 탐구심에 불탔다.

나 역시 모임을 통해 외롭고 불안했던 마음이 조금이나마 사라지고 새로운 힘을 얻었다.

앞으로 내가 직접 ABA 치료를 할 때 기억해야지. 나는 혼자가 아니야. 어디에선가 나처럼 열심히 노력하는 동료들이 있잖아.

집으로 돌아오는 길에 ABA 치료의 요점을 몇 번이고 다시 읽어보았다.

도쿄 정기 모임에 다녀온 다음 날 아침, 의자에 앉히는 훈련에 돌입했다. 그러나 얼마 지나지 않아 허리가 아프고 배도 심하게 압박을 받았다. 임신 후기에 방바닥에 앉았다가 일어서는 건 쉬운 일이 아니다. 지친 나는 잠시 다로를 놔두고 툇마루에 다리를 쭉 뻗고 앉아 멍하니 집 밖의 나무를 바라보았다.

언뜻 정신을 차리고 보니 다로는 불단에 놓인 막대기를 황홀

하게 바라보고 있었다. 아뿔싸, 요즘 계속 감시하고 있었는데 잠시 한눈판 사이에 자기자극에 빠지다니. 그런데 그 순간 다로가 굉장히 행복해 보였다.

거기에서 좋은 아이디어가 떠올랐다. 그렇다. 내가 준비한 강화제는 다로가 좋아하리라 여긴 것이다. 그런데 다로는 자기자극에 빠져 있는 편이 훨씬 더 즐거워 보이지 않는가!

나는 얼른 일어나 다로에게서 막대기를 빼앗았다.

"으아! 아아아!"

내 얼굴은 쳐다보지도 않고, 내 주먹 사이에 얼굴을 바짝 대고 들여다보다가 억지로 펴서 막대기를 되찾으려고 한다. 어라, 다로는 이걸 진정으로 원하는구나. 이 막대기가 소리 나는 책보다 훨씬 좋다는 거지. 좋았어. 이것을 강화제로 써야지.

"앉아." (손으로 잡아 앉힌다)

일 초라도 앉았으면 바로 "잘하네!"라며 칭찬하고 막대기를 돌려주었다. 다로는 안심한 얼굴로 막대기를 바라보았다. 자기자극을 유발할 우려는 있지만, 어쩌면 그 어떤 것보다 효과적인 강화제가 될지도 모른다!

가만히 불단을 바라보다가 사진 속의 증조할아버지와 눈이 마주쳐 움찔했다. 불단에 쓰는 막대기를 다른 용도로 사용하다니

조상님들한테 혼쭐이 날 것 같았다.

'죄송합니다. 하지만 이게 다 할아버지의 자손인 다로가 말을
할 수 있게 하기 위한 거예요.'

나는 마음속으로 사죄했다.

불단의 막대기 사건을 계기로 나는 다로가 더 좋아할 만한 강
화제를 찾는 데 열을 올렸다. 같은 강화제만 계속 주면 싫증을
냈기 때문이다.

다로는 흥미의 범위가 좁아서 아직 놀이다운 놀이를 하지 못
했다. 그런데 집 안에서 자유롭게 놔두고 뒤를 따라다니다 보면
전혀 예상하지 못했던 물건에 손을 뻗쳤다. 예를 들어 붓 통에
들어 있던 대나무 자를 싫증도 안 나는지 뚫어지게 바라보았다.
눈금을 좋아해서 그런지 이런 기다란 물건을 굉장히 좋아하는
듯했다.

강화제를 찾으러 다로를 데리고 천 냥 하우스에도 가보았다.
마음대로 걸어 다니게 놔두고 다로가 집은 물건들을 얼른 쇼핑
바구니에 넣었다. 효자손이나 먼지떨이 등, 다로는 길쭉한 물건
을 특히 좋아한다.

이렇게 다로가 가게에서 집은 물건을 구입하거나 집 안에서

하나 둘 모아두었다가 ABA 치료할 때만 강화제로 썼다.

과자는 먹으면 없어지지만, 물건은 일단 주었다가 몇 초 후에 다시 회수해야 한다. 그 타이밍을 판단하기가 어렵다. 다로는 물건을 내가 도로 가져오면 "갸아아!" 하고 반발했다. 과제를 해내면 엄마가 그 물건을 준다는 사실을 이해시키는 데 긴 시간이 걸렸지만, 일단 이해하고 나자 한 번 마음에 든 것은 싫증이 날 정도로 계속하는 특성이 드디어 빛을 발하기 시작했다.

ABA 치료를 시작한 지 열흘째에는 '앉아' 하고 말하면, 상을 받기 위해 단 이삼 분이라도 앉아 있었다. 드디어 초기 과제를 시작할 때가 온 것이다.

다로가 자폐증 진단을 받고 나서 벌써 한 달 반이 지났다. 요즘 나는 낮과 밤에 완전히 다른 사람이 되었다. 낮에는 본격적으로 ABA 치료를 시작했지만, 아직도 다로의 장애를 완전히 받아들이지는 못한 것 같다. 밤에 다로가 자는 모습을 바라보고 있노라면 나도 모르게 눈물이 나왔다.

그뿐만이 아니다. 제왕절개수술을 생각하면 두려움에 몸이 떨렸다. 걱정으로 밤을 지새우는 나날 …….

과연 다로가 한마디라도 말을 할 수 있을까? 내가 살아남을

엄마라고 불러줘서 고마워

수 있을까? 그런 밤이면 미래에 대한 불안이 엄습해왔다. 그나마 ABA 치료 덕분에 한 가닥 희망의 빛을 찾은 것 같았다. 다로를 위해 내가 해줄 수 있는 무언가를 찾았다는 기쁨이 약해진 내 마음을 간신히 지탱해주고 있었다.

ABA 치료를 하느라 다로를 일대일로 대해보니 다로는 자신이 칭찬받는다는 것조차 모른다는 사실을 새삼 깨달았다. 아무리 칭찬을 해줘도 다로는 무표정한 얼굴로 먼 산만 바라보았다. 조금도 기쁜 것 같지 않았다. 어떻게 하면 자신이 칭찬받고 있다는 사실을 알게 할 수 있을까?

우선 나와 가족들이 평소 칭찬할 때 쓰는 말을 노트에 적어보았다. '잘하네!', '굉장해', '최고야', '착하네', '장하구나'

가족들이 각자 다양한 말로 다로를 칭찬했다. 어머니는 '굉장하네!' 하고 자주 칭찬을 하신다. 아버지는 '제법인데', 할머니는 '착하네', 남편은 '좋아, 좋아'

다 칭찬하는 말이지만 지금 단계에서는 지나치게 다양한 것이 아닐까? 다로는 이 모든 말이 칭찬이라는 사실을 모를 수도 있다. 만약 칭찬을 하나로 통일한다면 다로도 자신이 칭찬받는다는 사실을 깨닫지 않을까?

우리 집에서는 ABA 치료를 하는 것은 나뿐이라 사람마다 치료 방식이 달라서 혼란을 일으킬 염려는 없었다. 하지만 치료 시간 이외에도 칭찬할 기회는 얼마든지 있다.

그래서 평소에 다로를 대하는 모든 사람의 협조가 절대적으로 필요했다. 우선 가족을 설득해야 한다. 모두 뭐라고 할까?

"있잖아요. 다로가 이해하기 쉽게 모두 일관된 태도로 다로를 대했으면 해요. 우선 칭찬할 때 쓰는 말부터 하나로 통일하고 싶은데 협조해주시겠어요?"

"뭐라고? 아니, 꼭 그렇게까지 해야 하니? 왜 그래야 하지?"

어머니가 조금 난색을 보였다. 어머니는 옛날부터 나나 오빠를 무턱대고 혼내는 분이 아니었다. 그것이 왜 나쁜지, 왜 하면 안 되는지, 아이가 알기 쉽도록 설명하는 교육 방침을 지켜왔다. 그런 분이니만큼 말을 통일하는 획일적인 방식은 인간미가 없다고 생각했을 것이다.

"엄마 마음은 잘 알아요. 저도 인정하고 싶지 않지만, 다로는 아직 자폐증이 있어요. 지적장애도 있고 ……. 보통 아이라면 긴 문장도 거뜬히 이해할 수 있는 나이인데 다로는 아직 말도 이해하지 못하잖아요? 다로가 빨리 말을 이해하도록 한번 시도해보고 싶어요. 부탁이에요. 엄마, 협조해주세요."

"그래 ……. 네가 그렇게까지 말한다면 최대한 신경 쓸게."

어머니는 납득하지 못한 듯했지만, 협조하기로 약속했다. 다음은 남편 차례였다.

우리는 지난번에 다투고 나서 서로 심각한 대화를 피하고 있었다. 남편이 내가 울고불고하는 모습을 보고 싶어 하지 않아서 가슴속의 고통을 말하지도 못했다. 하지만 이건 다로를 치료하기 위한 일이니 틀림없이 협조해줄 것이다.

"나는 솔직히 거기까지 생각해보지 않았어. 다양한 말을 해주는 것이 오히려 자극이 되지 않을까? 시간이 지나면 자연스럽게 알아들을 것 같은데 ……."

"당신은 아직도 다로의 증상을 받아들이지 못한 거야?"

"음, 진단은 받았지만, 아직 나이도 어리니 앞으로 자연스럽게 좋아질 거라고 믿어. 물론 당신이 하는 일을 부정하지는 않겠지만, 나한테 강요는 하지 말아줘. 나에게도 나만의 방식이 있으니까."

"당신 마음은 잘 알아. 설마 우리 다로가 그럴 리가 있겠나 하는 생각은 나도 들어. 그렇지만 전에 잠깐 했던 말도 이제는 하지 않잖아. 말을 모르는 것이 현실이잖아."

남편은 잠시 침묵하고서 입을 열었다.

"그렇게 하면 된다는 무슨 근거라도 있어?"

"근거? 글쎄 ……. 칭찬을 통일했더니, 몇 퍼센트의 아이에게 효과가 있었다, 뭐 그런 자료 같은 건 없어. 하지만 여기를 좀 봐줄래."

나는 빨간 펜으로 밑줄을 친 문장을 보여주었다.

"이 《쓰미키 BOOK》에 여러 사람이 아이를 교육시킬 때는 되도록 일관된 표현을 쓰라고 나와 있어. 가르치는 방식이 다르면 아이가 혼란스러워 할 수도 있기 때문인가 봐. 다로가 칭찬받는다는 게 어떤 건지 깨달으면 그때 각자가 원하는 말로 칭찬하면 되지 않을까? 틀림없이 금방 그렇게 될 거야. 부탁이야. 협조해 줘."

남편은 아무 말도 하지 않았다. 부정도 긍정도 하지 않았지만 더 이상 반론도 하지 않았다. 나는 그것을 '예스'의 의미로 받아들였다. 남편은 아직 진단 결과를 받아들이지 못하는 것 같았다. 그럼에도 쓰미키 정기 모임에 함께 가준 것은 다로를 걱정하기 때문일 것이다. 즉 다로가 나아지길 바라는 마음은 나와 같을 터였다. 지금 당장은 무리라 해도 조금씩 협력해주기를 바랐다. 이렇게 해서 다로가 다양한 칭찬의 말을 이해할 때까지 일단 '잘하네!'로 통일하기로 했다.

그럼, 칭찬할 때는 어떤 표정을 짓는 것이 효과적일까? 다로가 아기 때 좋아하던 알록달록한 인형이나 꽃이 나오는 DVD가 생각났다. 대사는 없지만, 다로가 유일하게 크게 웃는 장면이 있었다. 바로 시든 장난감 꽃에 물을 주면 갑자기 고개를 들고 살아나 춤을 추는 장면이었다. 다로가 답을 맞힐 때 그런 식으로 칭찬해주면 조금이라도 반응할지 모른다.

그래서 ABA 치료 도중 정답을 맞히면 즉시 해바라기가 활짝 피는 듯한 미소를 지으며 과장해서 칭찬해주기로 했다. 말을 알아듣진 못해도 내 표정을 이해하기 쉽게 바꿔서 칭찬받는다는 사실을 알려주고 싶었다.

단 손뼉을 치면서 칭찬하면 자칫 아이들이 놀랄 수도 있다.

내가 과장해서 칭찬하자 이내 다로도 나를 보고 "아아 ……" 하고 웃기 시작했다. 지난 일 년간 없었던 반응이 돌아온 것이다. 다로와 교감해본 것이 정말 오랜만이라 기쁨이 몰려왔다.

ABA 치료를 시작한 지 한 달 정도 지나자, 다로는 답을 맞힐 때마다 '나 해냈어요, 칭찬해줘요, 칭찬!' 하고 말하는 듯 뿌듯한 얼굴로 나를 쳐다보았다.

오래 집중하지 못할 때나 어려운 과제를 접할 때는 새로운 장난감이나 다로가 좋아하는 강화제가 효과적이었다. 그러다 다로가 차츰 자신이 칭찬받는다는 자체를 기뻐하고 기대하기 시작했다. 그래서 칭찬을 가장 좋은 강화제로 이용하려고 다른 강화제를 조금씩 줄여가기로 했다.

일상생활에서도 다로를 아낌없이 칭찬해주었다. 도움을 받아서라도 바람직한 행동을 하면 바로 칭찬해주는 ABA 방식을 본격적으로 시작한 셈이다. 그것은 점점 우리 가족의 마음에도 변화를 가져오기 시작했다.

그때까지는 다로가 남보다 못하는 것, 늦는 것이나 이상한 행동에만 눈이 가곤 했었다.

"안 돼. 엄마 손잡고 끌면!"

"또 뚫어지게 쳐다보고 있네. 그러면 안 되잖아!"

말을 못 알아듣는다는 것을 알면서도 말리다 보면 나도 모르게 말투가 거칠어졌다. 하지만 칭찬이 습관화되면서 이런 말이 자주 나왔다.

"(자기자극 중, 자동차를 함께 들고 달리게 한 후에) 잘하네!"

"오늘은 유치원 문 앞까지 혼자서 걸었구나, 잘하네!"

"(숟가락을 우연히 들면) 잘하네!"

이처럼 평상시에도 다로의 노력을 평가해서 바로바로 칭찬을 통해 강화하게 되었다. 그러자 가족 모두 칭찬하는 요령이 늘기 시작했다.

나와 남편은 아직 사이가 껄끄러웠지만 적극적으로 다로를 칭찬하기로 하고서 더 많은 대화를 나누었다. '다로가 오늘 이런 걸 해냈어!'라고 전보다 긍정적인 메시지를 주고받기도 했다.

물론 다로가 분노발작을 심하게 부리면 모두 속상해했지만, 화만 내기보다는 잘하는 것을 칭찬해주는 편이 가족들도 스트레스를 덜 받고 긍정적인 마음을 유지할 수 있었다.

우리는 매일 웃는 얼굴로 '잘하네'를 연발했다. 연말이면 유행어 대상이 발표되는데 그해 우리 집 유행어 대상은 당연히 '잘하네'였다.

다로가 가까스로 의자에 앉을 수 있게 되자 나는 본격적으로 ABA 치료를 시작했다. 다로가 유치원에 가 있는 동안 또는 다로가 잠들고 난 후에 간단히 계획을 세우고 그에 맞는 교재를 연구해서 매일 시도해보는 식이었다.

다로가 ABA 치료 도중 어떤 반응을 했는지 꼼꼼히 기록해두고 다음에 어떻게 하면 좋을지 검토했다. 다로는 아직 어린아이다. 앞으로 많은 것을 배워나갈 수 있도록 다로도 ABA 치료를 좋아해주었으면 했다.

다로뿐만 아니라 나 자신도 무턱대고 아이를 야단치거나 무리한 일을 시키지 않게끔 감정을 조절하려고 노력했다. 그리고 치료 시간은 어디까지나 기준일 뿐이므로 시간에 지나치게 연연하지 않고 질적인 ABA 치료를 추구하려고 했다.

일대일 ABA 치료로 가르친 것은 가족들의 협력을 얻어 일상생활에 일반화(배운 내용을 다른 상황에 응용하는 것)하도록 힘썼다.

자폐아는 지시하는 사람이나 말투, 교재, 장소가 조금만 바뀌어도 치료 때 배운 것을 응용하기 어렵다고 한다.

다로도 아직 배운 것을 일상생활에서 사용할 수 있는 상태가 아니므로 하루에도 몇 번씩 다시 가르쳐야 했다.

나는 다로가 빨리 말이 늘도록 일대일 치료로 가르친 말을 평소에 언제 쓸 수 있을지, 혹은 어떤 놀이에 응용할 수 있을지 항상 연구했다.

우선 '넣어'를 일반화 목표로 삼았다.

내가 '넣어'라고 하면 다로가 그릇에 블록을 한 개 넣게 한다. 물론 처음에는 내가 내린 지시를 이해하지 못하므로 아이의 손을 잡고 함께 블록을 넣었다. '콩' 하고 블록 떨어지는 소리가 재미있는지 다로는 몇 번이나 혼자 하고 싶어 했다. 구태여 강화제를 주지 않아도 이것은 그릇에 블록을 넣는 행위 자체가 강화제인 듯 했다. 스스로 의자에 바로 앉아 과제를 하려고 했다. 좋았어! 순조롭게 진행되는 것 같아 기뻤다.

그런데 반복을 통해 과제가 익숙해지자 '넣어'라고 말하기도 전에 마음대로 블록을 재빨리 그릇에 넣는 것이 아닌가!

이러면 안 되는데 ……. 이건 그냥 재미있어서 넣은 것이지 내 지시를 따른 것이 아니다. 단순히 그릇에 블록을 넣는 게 중요한 것이 아니라 내가 지시했을 때 블록을 넣을 수 있어야 한다.

그래서 지시가 떨어지기 전에 블록을 넣으려는 손을 가볍게 제지하면서 '넣어'라고 말하고, 그릇 위에서 살짝 잡고 있던 손을 놓았다. '콩' 하고 블록이 그릇에 들어갔다.

그리고 나서 '잘하네!'라며 한껏 칭찬해주었다.

이렇게 다로가 '넣어'라는 손동작 과제를 책상 위의 ABA 치료로 습득하고 나서 처음으로 일반화를 시도했다. 집 안에서 놀고 난 후, 장난감에 손을 포개서 '넣어'라는 지시와 함께 큰 깡통에 넣게 했다. 넣는 것 자체를 좋아하는 다로는 별로 싫은 내색이 없었다. '콩콩' 하고 큰 소리가 나면 깡통 안을 들여다보기까지 했다.

슈퍼마켓에 가서도 '넣어'를 일반화시키는 연습을 했다. 살 물건을 다로에게 들게 하고 '넣어' 하면 다로는 들고 있던 콩나물 봉지를 쏙 하고 바구니에 넣었다.

목욕탕 안에서는 타월의 무늬에 눈을 대고 고개를 흔들며 멍하니 있는 것을 제지하고 장난감 농구 골대를 벽에 달아주었다. 욕조 한쪽에 공을 띄워놓고 목욕하는 동안 다로에게 공을 넣게 했다.

같은 것끼리 짝을 짓는 과제도 일단 책상 위에서 가르쳐보고 이해하기 시작하면 곧장 일반화 훈련에 돌입했다.

"같은 것끼리."

예를 들어 슈퍼마켓에서 다 사용한 바구니를 모아 치우는 일은 다로의 몫이었다. 또 구두를 '같은 것끼리' 짝 맞추는 것도, 책상 위에서 우선 가르치고 일상생활에서도 같은 말로 짝 맞추기를 시켜보았다.

이런 식으로 가능한 한 동일한 말로 지시하고, 여러 상황에서 조금씩 도와주며 반복해서 가르치자 서서히 효과가 나타나기 시작했다. 다로가 드디어 내 도움 없이도 일상생활에서 '넣어'와 '같은 것끼리'라는 지시를 따르기 시작한 것이다.

앞으로 이렇게 단어의 뜻을 하나하나 다로의 머릿속에 입력시

엄마라고 불러줘서 고마워

키려면 엄청난 시간이 걸릴 것이다. 앞으로의 일을 생각하면 나도 모르게 한숨이 나왔다. 하지만 다로가 '넣어'와 '같은 것끼리'라는 지시에 정확히 따를 때마다 설령 말을 못하더라도 이 단어만큼은 뜻이 통했다는 작은 행복감을 맛볼 수 있었다.

"가가가가고고고고!"

다로는 매일 여러 가지 소리를 낸다. 그럴 때마다 오늘이야말로 무슨 말을 하지 않을까 기대하지만 그런 일은 일어나지 않았다.

제왕절개수술까지 앞으로 한 달. 친정집 정원에는 올해도 지붕보다 높은 고이노보리가 등장해서, 바닷바람 속을 힘차게 헤엄치기 시작했다. 다로가 자폐증 진단을 받았던 초봄에는 고이노보리를 올릴 마음조차 들지 않았다.

"애야, 이런 때일수록 다로의 성장을 기원하며 모두 함께 고이노보리를 높이 올리자꾸나."

부모님의 말에 기운을 내서 연휴 전까지 고이노보리를 올릴 준비를 끝냈다.

골든 위크(일본에서 4월 말에서 5월 초에 걸친 연휴 기간을 일컫는다—옮긴이)를 맞이하여 잠시 유치원이 문을 닫았다. 남편도 열흘 정도 휴가를 내서 나와 다로가 머물고 있는 친정집으로 왔다. 오랜만에 가족끼리 모인 시간이었다.

"오늘은 다로를 공원에 데려가고 싶은데."

"좋았어. 그럼 옆 동네 역 앞에 있는 공원에 갈까?"

날씨가 좋아서 멀리 여행 간 사람들이 많은 탓인지, 언제나 사람들로 북적이던 그 공원에는 몇 명의 부모와 아이들만 모래밭에 모여 있었다.

넓은 공원의 한가운데에는 미끄럼틀이 두 대 있는데 그중 하나는 세 살짜리도 탈 수 있을 만큼 낮았다. 그러나 다른 미끄럼틀과 달리 계단이 없고 대신 올라가는 입구에 목제 아치 모양의 그물로 된 운동장비가 달려 있었다. 나무와 나무 사이의 좁은 틈에 손가락을 넣어 올라가야 미끄럼틀 꼭대기에 도달할 수 있는 구조였다.

"아아아아!"

다로는 미끄럼틀에 유독 집착을 보였다. 빨리 타고 싶은데 혼자서는 못 올라가서 짜증이 나 있었다. 남편이 다로를 안아서 아치 모양의 꼭대기에 올려주었다. 쓰윽 미끄럼을 타고 내려오더니, "우아, 아아아아!" 하고 다로가 웃으면서 또다시 달려왔다.

"그래, 그래. 알았어."

　　　　　　　　　　　　　엄마라고 불러줘서 고마워

남편은 또 다로를 올려주었다. 다로가 다시 미끄럼을 탄다. 이런 과정이 계속 반복되었다. 다른 놀이기구도 있는데 한 번 마음에 들면 같은 놀이밖에 하지 않는 것이 다로의 특징이다.

다로의 웃음소리를 들으면서 하늘을 올려다보았다. 파란 하늘에 구름 한 점 없는 쾌청한 5월 날씨. 문득 도쿄의 모임에서 만난 씩씩한 엄마들이 했던 말이 생각난다. 길을 걸을 때도 뭘 가르칠까 연구한다 ……. 그 엄마들이라면 지금 아이를 어떻게 대하고 있을까? 지금 이 순간에도 다로에게 뭔가를 가르칠 수 있을까?

순간 나는 불현듯 아이디어가 떠올라 얼른 남편에게 말했다.

"자기야, 좋은 생각이 났어."

다로는 미끄럼틀을 타고 내려와 또다시 아치 모양을 한 입구로 달려가서 우리를 기다리고 있었다.

나는 무릎을 꿇고 다로가 나를 보게끔 했다. 다로는 등 뒤에 있는 아치에 빨리 올라가고 싶어서 몸을 비틀었다. 다시 한 번 다로를 잡아 나를 보게 했다.

"해줘."

다로에게 말을 걸었다. 그런 다음 바로 안아서 아치 위에 올려

주었다. 다로는 또다시 기쁨에 숨을 헐떡거리며 입구까지 뛰어
왔다.

"해줘."

나는 또 다로의 시선을 끌면서 말하고, 바로 원하는 것을 들어
주었다. 몇 번 반복하자 내 의도를 알아챈 남편이 얼른 안아서
미끄럼틀 위로 올리는 일을 대신해주었다. 아마 몇 십 번은 반
복했을 것이다. 미끄러져도, 미끄러져도 다로는 다시 숨 가쁘게
달려왔다.

"해줘."

똑같이 말하고 이번에는 바로 안아주지 않고 몇 초 동안 다로
를 바라보았다.

그러자 갑자기 다로가 뭐라고 웅얼거리기 시작했다.

"해주."

거의 알아듣지 못할 정도로 발음이 나빴지만, 다로가 내 말을
흉내 낸 것이다.

나는 눈을 크게 뜬 채, 옆에 서 있는 남편을 올려다보았다.

"여보, 지금 한 말 들었어?"

"응, 지금 다로가 말을 했지?"

해냈다! 굉장해. 다로의 입에서 처음으로 의미 있는 소리가 나

엄마라고 불러줘서 고마워

오는 것을 들었다. 바로 이거야. 이 방법은 앞으로도 쓸 수 있을 것 같아.

나는 다시 달려온 다로에게 "해줘" 하고 말한 다음, 몇 초간 기다렸다.

"해주."

다로는 '아, 그렇지, 말해야 하는구나'라고 깨달은 것처럼 열심히 흉내를 냈다. 정말 신기했다.

지금까지 일상생활에서 소리를 흉내 내게 하려고 여러 번 시도해보았지만, 전혀 반응이 없었다. 미끄럼틀을 타고 싶다는 강한 욕구가 다로로 하여금 말을 하게 만든 것일까?

이윽고 사람들이 모두 집으로 돌아가고, 우리 가족이 독차지한 공원에 따뜻한 봄바람이 불어왔다. 우리는 다로에게 '해줘' 하고 말하게 한 다음, 미끄럼을 태우는 일을 반복했다.

뭔가 의미 있는 말을 해주길 얼마나 바랐던가! 나는 기뻐서 춤이라도 추고 싶은 심정이었다.

5월의 연휴가 끝나고 드디어 치료수첩 첫 번째 심사일이 다가왔다.

전날 친정에서 무거운 몸을 이끌고 우리 집이 있는 B시로 다로를 데리고 왔다.

입원 날짜까지 앞으로 두 주일 남짓. 이것이 출산 전 마지막 이동이 될 것이다.

"자 그럼, 시작합시다."

아동상담소 검사실에 들어가자 선생님들이 다로를 검사하기 시작했다.

"다로, 철봉에 매달릴 수 있을까?"

하지만 다로는 '우앙' 하고 울기만 했다.

다음은 '○○은 ○○카드 위에' 하는 식으로 같은 모양 카드를 찾는 과제였다. 이것은 ABA에서 하는 짝 맞추기하고 비슷했다.

"어떤 게 같은 건지 아니?"

다로는 빙그레 웃기만 할 뿐, 손을 움직이지 않았다.

"음 ……. 좀 어려운가?"

선생님은 다음 과제로 넘어가야 할지 망설이는 것 같았다. 과제 자체는 할 수 있을 것 같은데 ……. 어쩌면 지시어를 이해 못했을지도 모른다. 나는 다로에게 힌트를 주고 싶은 마음을 꾹 참고 있었다.

그 순간 선생님이 말했다.

"같은 것끼리 해볼래?"

그러자 다로는 그 '같은 것끼리'에 바로 반응해서 짝 맞추기에 성공했다. 그리고는 '봐요, 나 해냈지요!'라고 말하듯이 선생님의 얼굴을 보면서 손뼉을 쳤다. 순간 나는 앗! 하고 소스라치게 놀랐다.

'같은 것끼리'는 내가 ABA 치료를 할 때 늘 쓰는 말이었다. 말은 못하지만 적어도 훈련으로 이해한 특정 지시어에는 반응하는구나. 처음으로 ABA의 성과를 실감한 순간이다.

발달검사 후에 의사 선생님의 진찰 시간이 되었다.

"이 나이에 말을 못한다는 것은 결코 가벼운 장애가 아닐지도 몰라요. 하지만 다로는 표정도 밝고, 반대 바이바이(자신에게 손바닥을 보이며 반대 방향으로 바이바이를 하는 자폐증의 대표적 증상―옮긴이)도 하지 않네요. 일단 자폐 경향이 있다는 진단은 보류해둡시다."

나는 '선생님, 우리 아이는 바이바이 자체를 못해요'라고 말하고 싶은 것을 참았다. 그래, 이제 장애 명칭에 연연하지는 말자. 오늘 심사에서 잘만 가르치면 다로가 말을 이해할 수 있다는 사실을 확인한 것만으로도 큰 수확이다.

유일하게 할 수 있는 말, '해줘'가 희망의 빛이다. 그러나 아직

엄마라고 불러줘서 고마워

자발적으로 쓰지는 못한다. 내가 뭔가를 해주기를 바랄 때, 앵무새처럼 나를 따라 하는 수준이다. 그래도 전에는 전혀 칭찬받고 싶어 하는 기색이 없었는데 다로 안에서 무엇인가 변하기 시작한 건 확실했다.

같은 모양의 카드를 찾는 짝짓기 문제를 다 맞힌 덕분에 장애의 정도는 석 달 전에 예상했던 B2보다 가벼운 B1 판정을 받았다. 며칠 후 받은 치료수첩을 펴보니 어깨를 움츠린 다로의 사진 아래 조그맣게 '제2종 지적장애'라고 적혀 있었다.

아아, 드디어 다로의 장애를 공식화하고 말았다. 자진해서 심사를 요청했으면서 가슴이 쿵 하고 무너지는 것 같았다. 하지만 처음 장애를 진단받은 날처럼 좌절하지는 않았다. 이제 나는 다로와 함께 싸워나갈 방법을 알고 있으니까.

제4장

일보 전진
일보 후퇴

그래도
희망을 가지고

27개월~32개월

"아빠."
다로는 깔깔 웃으면서 그렇게 말하고 남편의 바지를 잡아당겼다.
"이것 봐, 다로가 드디어 돌아왔어. 우리가 생각났나 봐."
다시는 우리가 아빠와 엄마라는 사실을 잊지 말아다오.
우리는 짐을 가지러 오는 사람들 틈에서 눈물을 흘리면서 기뻐했다.
'엄마'와 '아빠'를 집중적으로 가르친 지 무려 넉 달 만의 일이었다.

"다 녀 올 게 요. 힘드시겠지만 다로를 잘 부탁해요."

"여기 걱정일랑 말고."

5월의 마지막 일요일, 배웅 나온 오빠와 부모님에게 인사를 했다. 다로는 어머니 품에 안겨 있다. 드디어 출산 예정일이 오고야 말았다. 나는 산부인과에 입원하려고 친정집을 나섰다.

ABA를 시작한 지 두 달이 다 되어간다. 이 기간 동안 집중적으로 연습한 동작 모방(상대의 동작을 흉내 내는 과제)과 짝 맞추기 과제는 각각 스무 가지 정도 할 수 있게 되었다. 다로는 '이렇게 해' 하고 어른이 머리를 만지면 자신도 머리를 만졌다.

다만 눈을 만지다가 귀를 만지는 등, 가까이 있는 것을 만지는 동작은 혼란스러워 했다. 아직 연습이 많이 필요하지만, 레퍼토리는 꾸준히 늘어났다.

요즘은 자신이 칭찬받는다는 사실을 알아서 한 가지 말로만 칭찬하던 작전을 바꾸어 원래대로 가족이 각자 원하는 말로 칭찬해주었다.

어느 책에는 '자폐증인 사람은 앵무새처럼 따라 하는 경우가 있다'고 쓰여 있었는데, 다로는 한 가지 말을 할 수 있게 되었다고 해서 말을 점점 더 많이 이해하거나, 스스로 따라 하지는 않았다. 단 뭔가를 요구하는 말은 조금씩 스스로 소리 내어 따라 했다.

병원으로 떠나기 직전, 나는 평소처럼 다로와 두 시간 정도 마지막 ABA 치료를 했다. 이번에는 출산에 앞서 유서나 유품을 준비하지 않았다. 나는 반드시 살아서 돌아와야 하기 때문이다. 앞으로 펼쳐질 일을 생각하면 문득문득 두려움이 엄습했다. 그렇기 때문에 더더욱 끝까지 부모로서 해줄 수 있는 일에 최선을 다하기로 했다.

동작 모방을 해내면 '잘했어!', 블록을 한 개 쌓으면 '잘 쌓았네!'라고 칭찬을 아끼지 않았다. 다로도 과제를 해낼 때마다 손뼉을 치며 기쁜 듯이 웃었다.

블록을 똑같은 간격으로 나열할 뿐, 위로는 쌓지 못하던 다로가 ABA 치료를 시작한 지 두 달이 지난 지금은 잘 쌓는다. 그 기뻐하는 모습을 보고 있으면 나도 행복해졌다.

삐, 삐, 삐이 …….

맞추어놓은 알람이 열한 시를 알렸다.

"여보, 이제 가야 할 시간이야."

묵묵히 지켜보던 남편이 자리에서 일어났다. 드디어 출발 시각.

"다로야, 사랑해. 엄마 잊으면 안 돼. 아프지 말고 집 잘 보고 있어?"

나는 다로를 품에 꼭 안았다.

다로도 부모님도 수술할 때 곁에 있어주면 좋겠지만 참아야 한다. 다로가 오랜 시간 얌전히 병원에서 기다릴 리가 없으니까.

시간이 절대적으로 부족했다. 다로와 이대로 더 있고 싶었다. 속상했다. 아직도 하고 싶은 일이 많은데 ……. 살아서 다시 다로와 만날 수 있을까? 그런 생각을 하면 눈물이 나올 것 같았다. 가족들을 걱정시키지 않으려고 이를 악물고 웃는 얼굴로 손을 흔들었다.

차는 울고 있는 나를 싣고 태평양 연안을 따라 달리기 시작했다. 이윽고 파도타기를 즐기는 사람들로 붐비는 해안가가 나왔다. 여기에서 남쪽으로 한 시간 반 정도 가면 내가 둘째를 출산할 최신식 설비의 종합병원이 있다.

"자기야, 혹시 내가 수술받다 무슨 일이 생겨서 다로를 두 번 다시 못 본다고 생각하니 가슴이 아파."

"여보, 그런 생각 하면 안 돼. 만일의 사태에 대비해서 병원도 옮긴 거잖아. 의사 선생님도 최선을 다하겠다고 했고."

그래 맞아. 틀림없이 괜찮을 거야. 다로도 아기도 무사히 만날 수 있을 거야.

"응애, 응애, 응애."

"아니, 이런! 어서 소화기외과에 연락해서 선생님을 불러와."

아기의 울음소리가 울려 퍼지는 가운데 수술을 집도하던 네 명의 선생님들이 동요하기 시작했다. 숨을 쉬기가 힘들었다. 기어코 문제가 생긴 것일까? 다로를 낳던 때와는 달리 아무도 축하해주는 사람이 없었다.

"스기모토 씨, 유감스럽게도 뱃속 여기저기에 유착이 심합니다. 복막 뒤에 장이 유착되어 있어서 절개할 때 함께 자르고 말았어요. 지금 소화기외과 선생님을 불렀으니 잠시만 기다려 주

엄마라고 불러줘서 고마워

세요."

담당 의사가 배 위의 가리개 저편에서 얼굴을 내밀고 급하게 상황을 설명했다. 갓 태어난 딸, 하나코는 저혈당 증세가 있어 찬찬히 볼 틈도 없이 바로 병원 내 NICU(Neonatal Intensive Care Unit, 신생아 집중치료실)로 옮겨졌고 수술실에서 아기 울음소리도 함께 사라졌다.

소화기외과 의사가 다른 수술에 들어갔기 때문에 좀처럼 오지 않았다. 그래서 지혈 처치를 받으며 기다리는 동안 다른 의사가 말을 걸었다.

"힘드시면 전신마취를 할까요?"

"아니요, 이대로 괜찮습니다."

지금 잠들면 두 번 다시 못 일어날까 봐 두려웠다. 무슨 일이 있어도 꼭 살아남을 거야! 죽음의 공포도 자식을 위해서라면 극복할 수 있을 것 같았다. 수술실 천장의 전등을 바라보며 마음속으로 기도했다.

이렇게 다섯 번째 개복수술이 끝나자 나는 정신적으로도 육체적으로도 만신창이가 되었다. 계속해서 밀려오는, 참기 어려운 후진통에 상처의 통증도 지난번 출산보다 훨씬 더 고통스러웠다. 통증을 견디려고 어깨에 힘을 주다 보니 극심한 근육통까지 않았다. 제왕절개에 장 수술까지 받아서 당분간 식사도 못 하고 링거만 계속 맞게 될 것이다.

저녁에 어머니가 일찌감치 일을 끝내고 다로를 데리고 왔다.

"다로, 오랜만이네. 잘 지냈니?"

겨우 며칠 떨어져 있었을 뿐인데 몇 년은 지난 것 같았다. 다로는 어머니 팔에서 내려와 내가 누워 있는 침대 곁으로 다가왔다. '다로가 나에게 와주는구나' 하고 기뻐서 한 손을 뻗자 내 앞을 스윽 지나쳐 갔다.

부스럭, 부스럭, 부스럭. 다로는 내 침대에 있는 난간에 아슬아슬하게 눈을 대고 좌우로 고개를 움직이면서 쳐다보기 시작했다. 아니? 이럴 수가 ……. 며칠 만에 만난 나를 완전히 무시하고 이상한 행동만?

어머니가 다로를 잡아 소파에 앉히자 이번에는 병실에 있는 텔레비전을 발견하고는 화면을 향해 "해줘, 해줘" 하고 같은 말을 반복했다.

어머니가 텔레비전을 켰지만, 밤이라서 어린이가 볼 만한 프로그램은 하지 않았다. 좋아하는 프로그램이 없어서 그랬는지, 다로는 "아— 아— 해줘" 하고 화를 내며 테이블에 머리를 찧으면서 날뛰기 시작했다. 어머니가 얼른 안아 올렸지만, 다리를 버둥거리며 발길질을 해댔다. 결국 어머니는 다로를 업고 서둘러 귀가할 수밖에 없었다.

다로는 나한테 전혀 관심이 없구나 ……. 문득 깨달은 사실에 나는 퍼뜩 놀랐다. 나에게 다로는 더할 수 없이 소중한 존재인데 다로는 내가 안중에도 없단 말인가? 내 마음속에 동요가 일었다.

남편은 오늘 밤 출생신고와 육아휴직을 신청하기 위해 집으로 돌아갔다. 어머니와 다로가 가고 나자 넓은 일인용 병실에 나 혼자만 덩그러니 남았다. 소등 시간이 지나도 잠이 오지 않아 빌려온 노트북에 전원을 넣었다. 맞아, 낮에 이것저것 검사를 받았는데, 그 전자 진료 결과가 어디에 있을 거야. 어차피 잠도 안 오는데 뭐라고 쓰여 있는지 한번 봐야지.

달그락달그락 암호를 넣었다. 자신의 전자 진료 기록을 보려고 했는데 '냉엄한 현실이 적혀 있을 수도 있습니다. 그래도 열람에 동의하시겠습니까?'라고 쓰여 있었다. 나는 그 말의 뜻을 깊이 생각해볼 틈도 없이 'YES'를 클릭했다.

'악성종양인가?'

진료 기록을 훑어보다가 바로 이 항목이 눈에 들어왔다. 몸속의 피가 거꾸로 흐르는 것 같았다. 그럴 리가 ……. 의사는 괜찮다고 했는데!

'직장(直腸) 근처에 메추라기 알만 한 혹이 발견되었다. 종양의 경계가 뚜렷한 것이 안쪽으로 진행되고 있다기보다는 양성(良性)으로 보이지만 되도록 빨리 수술하는 편이 좋을 것 같다.'

다로가 자폐증 진단을 받은 후 나는 필사적으로 버텨왔지만, 더 이상은 힘들었다. 견딜 수 없는 좌절감이 밀려들어왔다.

이젠 모두 끝장이야. 나는 지쳤어. 아무리 애써도 다로는 나를 사랑해주지 않아. 완벽한 의료 체계를 갖춘 병원으로 옮겼는데도 극도로 약한 장이 잘려나갔어. 게다가 종양까지 …….

나는 완전히 이성을 잃고 심하게 동요했다. 지칠 대로 지쳐 슬픔을 걷잡을 수 없었다.

설상가상으로 진료 기록에는 내가 더 이상 임신할 수 없다는 내용이 적혀 있었다.

비록 임신 중에 몸이 고단하기 했지만, 하나코가 배 안에 있었으므로 가급적 몸이 상하지 않게 노력했다. 내가 하나코를 지킨다고 생각했지만, 사실은 하나코가, 내가 나쁜 마음을 먹지 못하게 지켜주고 있었는지도 모른다.

엄마라고 불러줘서 고마워

내가 걷잡을 수 없는 슬픔을 느낀 또 한 가지 이유는 그동안 덮어두었던 마음의 상처 때문이었다. 둘째를 출산하기 전까지 필사적으로 노력했건만 나는 아직도 다로의 장애를 받아들일 수 없었다. 하나코를 낳기까지 몇 달 동안 그토록 분주한 나날을 보냈던 것은 대체 무엇을 위해서였나? 결국 다로의 장애를 극복하지 못한 것 아닌가?

조용한 초여름 밤. 창밖에 펼쳐진 시커먼 태평양에도 비가 부슬부슬 내리고 있었다. 지금이라면 그 누구도 다치지 않게 떠날 수 있다. 가자. 저 바다에서 죽자.

제정신이 아니었던 나는 침대를 세우고 차가운 바닥에 발을 내디뎠다.

링거를 팔에서 뽑고 걸으려 했지만 거듭된 수술로 몸이 무거운 데다 쇠약해진 복부에 격렬한 통증이 몰려왔다. 다음 순간 현기증과 함께 숨이 막히고 다리가 저려 병실 문까지 가지도 못하고 쓰러졌다.

"우……. 우우우!"

나는 넘어진 채 큰 소리로 울부짖었다. 웅성웅성하고 복도가 술렁거렸다.

"스기모토 씨, 왜 그러세요?"

흰 옷을 입은 간호사와 의사가 뛰어들어 왔다. 최근 몇 달 동안에 일어났던 일, 그리고 지금의 이 슬픔을 어떻게 설명할 수 있을까? 사람들이 등을 어루만져주는 가운데 나는 미친 듯이 울부짖을 뿐이었다.

자살 소동을 벌였던 밤이 지났다. 다음 날 퉁퉁 부은 눈과 쉰 목소리로 침대 옆에 있는 수화기를 들어 어머니에게 전화했다.

"엄마, 어제는 와줘서 고마웠어요. 다로가 울어서 편하게 이야기를 못 했는데, 실은 저, 종양이 발견되었나 봐요. 수술을 또 해야 한대요. 어쩌면 좋을지 모르겠어요. 어젯밤엔 죽고 싶다는 생각도 들고 눈물이 멈추질 않았어요. 정신과 선생님이 산후 우울증이 온 것 같대요."

"얘야, 그랬었구나. 엄만 그것도 모르고 ……. 다로가 자폐 진단을 받고 나서 네가 너무 힘이 들었나 보다. 출산 직전에 도쿄까지 갔었잖니? 틀림없이 정신적으로도 지쳐 있었던 거야. 너무 걱정하지 마라. 지금은 힘들겠지만 잘 극복할 수 있을 거야. 너는 아빠 엄마의 자랑스러운 딸이니까."

그리고는 어머니가 뜻밖의 말을 꺼냈다.

엄마라고 불러줘서 고마워

"그거 뭐지? 그 미국에서 왔다는 공부. 다로가 하고 싶어서 안 달이야. 어떻게 하면 되니?"

"뭐라고요? 내가 없어도 다로가 ABA를 하고 싶어 한다고요?"

"그래. '해주(해줘)'라는 한마디는 아주 확실하게 할 줄 안단다. 연신 '해줘' 하면서 스스로 공부 도구를 옷장 위에서 집으려고 하지 뭐니. 안 해주면 마구 짜증을 내고 ……. 일단 매일 밤 한 시간은 다로를 공부시키고 있는데, 보고만 있을 때하고 실제로 해보는 거하고 영 다르지 뭐냐. 엄마가 제대로 하는 건지 걱정도 되고 ……."

그렇구나. 다로는 나라는 존재를 인식하지 못해도, 함께 해온 ABA 치료를 아직 기억하고 있구나. 칭찬을 많이 받는 것이 좋아서 그런 것일까? 아니면 습관이 되어서 ABA 치료에 연연해 하는 것일까?

어쨌든 다로의 기억 속에 마지막까지 함께해온 날들이 확실히 남아 있었다. 헛수고가 아니었다. 그렇게 생각하자 간밤의 비통함이 조금 수그러들었다.

"엄마, 일단 내가 퇴원할 때까지는 지금까지 해온 것을 계속 해주실래요? 그것만으로도 큰 도움이 돼요."

전화를 끊고 나서 컴퓨터를 켜고 이메일을 보니 쓰미키 모임에 내가 올린 글의 답신이 도착해 있었다.

나는 아직 '해줘'밖에 못한다고 비관적으로 생각했는데 27개월만에 말을 할 수 있게 된 것을 축하해주는 메시지도 있었다. 모두의 격려에 힘이 나는 것 같았다. 그래, 천 리 길도 한 걸음부터 ……

그렇다. 정신적인 충격으로 중요한 사실을 잊을 뻔했다. 목표를 너무 높게 잡았다가 포기하지 말고 매일 조금씩이나마 성장하기를 바라자. 살아 있어서 다행이라고 생각하는 거다. 그렇게 조금씩 앞으로 나아가다 보면 언젠가 정말로 다로를 받아들일 수 있는 날이 올지도 모른다.

나는 마음을 가라앉히고 간호사를 불러 하나코가 있는 NICU로 향했다.

"퇴원 축하합니다."

축하 인사를 들으며 병원을 뒤로했지만 뭔가 좀 석연치 않았다. 하나코의 수유가 끝나면 근종 적출 수술을 받으러 다시 와야 했기 때문이다.

나는 산후 우울증에다 체력 역시 덜 회복된 상태였다. 병원에서는 장폐색을 우려해서 유동식부터 시작하여 천천히 단계를

밟았지만, 그럼에도 몇 번이나 극심한 복통을 일으켜 다시 유동
식으로 돌아가곤 했다. 더군다나 전자 진료 기록을 보고 알게
된 사실 …….

하지만 다로의 상태를 안 이상, 넋 놓고 있을 때가 아니다.
ABA에 반응을 보이고 있으니 조금씩이라도 계속 좋아지길 간
절히 바랄 수밖에.

"우우 ……. 해주, 해주."

오랜만에 집에 오니 다로는 전처럼 원하는 것이 있으면 어른
의 손을 빌려 얻으려고 하는 행동을 보이지 않았다. 그저 열심
히 '해주' 하고 말로 요구했다. 한 가지 이상한 점은 요구를 들어
줄 상대가 있든 없든 개의치 않고 '해주'를 연발한다는 것이다.

다로에게 이 말은 자신이 원하는 것을 받을 수 있는 마법의 주
문인지도 모른다. '해주'라고 했을 때, 바로 들어주지 않으면 심
한 발작을 일으키며 머리를 여기저기 찧어댔다. 아무리 그래도
매번 다로의 바람을 다 들어줄 수는 없었다.

효과가 금방 나타날지는 모르지만 두 가지 대책을 세웠다. 하
나는 요구 사항을 들어주지 않을 때는 '안 할 거야'라고 분명히
말한 다음, 차분해질 때까지 무시하는 것이다. 분노발작을 일으
키는 것은 네 맘이지만 안 들어주는 것도 있다는 사실을 다로에

게 인식시키기 위해서였다.

다른 한 가지 대책은 ABA 치료로 터득한 '기다려'를 일상생활에서도 활용하는 것이다. 다로가 좋아하는 물건을 놓고 다로가 집으려고 하면 '기다려'라고 지시한 다음 몇 초 동안 참게 한다. 물론 그 말뜻을 모르기 때문에 바로 집으려고 하겠지만, 다로의 손에 몇 초간 살짝 제재를 가하는 훈련을 반복한다.

마치 개를 훈련하는 방법 같아 거부감도 들었지만, '기다려'를 이해할 수 있게 되면 다로도 훨씬 편해질 것이다.

쾅, 쾅!

오후에 자동차 문이 닫히는 소리가 나면 나는 주먹을 꽉 쥐고 긴장하기 시작한다. 다로가 유치원에서 돌아오는 소리다. 이제 몇 분만 있으면 남편과 함께 마당을 가로질러 집으로 들어올 것이다. 나는 다로를 사랑하지만 다른 한편으로는 두렵기도 하다. 무의식중에 그런 마음이 드는 난 나쁜 엄마일까? 또다시 분노발작의 지옥이 몇 시간 계속되리라 생각하면 기운이 빠지고 만다.

"자, 다로야 먹자꾸나."

역시나 저녁 밥상에 앉는 순간, "우갸아아아아 ……" 하고 얼굴이 시뻘게지도록 운다.

오늘도 또 시작인가!

메뉴가 마음에 들지 않아서일까? 아니면 의자가 싫은 것일까? 다로는 그릇째 음식을 집어던지고, 그것도 모자라 식탁 위에 있던 간장이나 가족들의 반찬까지 모두 던져버리려고 했다. 달래서 먹이려고 해도 꿈쩍도 하지 않는다. 음식을 조금씩 먹을 때도 있지만, 식탁에 앉으면 한두 시간은 우는 게 보통이고, 심할 때는 아예 아무것도 먹지 않는다.

다로 옆에 아버지가 앉아 있는데 매번 다로가 반찬을 치워버렸다. 다로는 다른 가족이 식사하는 것도 원치 않는 것 같았다.

어느 날, 나는 한 시간 반 정도 ABA 치료를 마치고 다로를 위해 준비해두었던 밥을 차렸다. 아니나 다를까, 다로는 의자에 앉자마자 난폭해지기 시작했다. 나는 아무 말 없이 다로를 다른 방으로 데리고 갔다. 다로가 머리를 찧을 때마다 다치지 않도록 살짝 머리와 바닥 사이에 쿠션을 넣고 상황을 지켜보았다. 언제까지 분노발작이 이어질지 …….

그때 미닫이문을 확 열어젖히고 어머니가 들어왔다.

"계속 울게 놔둘 거니? 이제 그만 좀 하지 그래? 너 너무 인정머리가 없는 거 아니냐? 다로가 냉정한 사람이 될까 봐 겁난다."

"엄마, 잠시 발작을 가라앉히려는 것뿐이에요. 원하는 걸 줘서 울음을 그치게 하면 간단하지만, 그걸로는 이 난리법석을 멈추지 못하잖아요."

"애를 가지고 무슨 실험이라도 하는 것처럼 냉정하게 메모를 하지 않나, 이젠 정말 싫다. 아무리 이론적으로 옳다고 해도 다로를 좀 봐. 이제 한계에 왔어."

다로는 잘 익은 토마토처럼 새빨간 얼굴에 머리카락이 땀으로 범벅이 된 채 울부짖고 있었다. 어머니는 다로를 안고는 문을 쾅 닫고 나가버렸다. 다로의 울음소리가 점점 멀어졌다. 다로를 데리고 아예 밖으로 나간 것 같았다.

남겨진 나는 방 한구석에 털썩 주저앉아 들고 있던 쿠션을 끌어안고 소리 죽여 울었다. 어머니에 대한 반발심을 느끼는 한편, 이 아수라장이 갑자기 종료되었다는 사실에 안도감도 들었다. 나도 사실 이렇게까지 하고 싶지 않았다. 마음속은 전혀 차갑지 않은데 말이다.

대학생 때 나는 학교에서 거의 매일같이 실험을 반복했다. 그때는 감정을 개입시키지 않고 담담하게 자료를 기록할 수 있었지만, 지금은 다르다. 자식 일이라 감정이 앞서서 가까스로 그것을 억누르기에 급급하다.

발작이 일어나면 어떻게든 그 울음소리를 멈추게 하고 싶다. 하지만 그렇다고 문제가 근본적으로 해결되는 것일까? 효과는 그때뿐이다. 아니, 발작이 점점 더 심해질지도 모른다. 그렇기 때문에 더 가족들이 이해해주었으면 했다. 아이를 무시하거나 학대하는 것이 아니라는 점을 ……. 나 역시 분노발작을 방치하려면 비장한 각오가 필요했다.

"엄마, 아버지 여러 가지로 힘들게 해드려 죄송하지만 제가 왜 그러는지 이해해주셨으면 해요. 다로의 발작을 어떻게든 멈춰볼 생각이니 다치지 않는 선에서 지켜봐주세요."

"지난번에도 말했지만, 엄마는 다로가 가여워서 그런 방법은 용납할 수 없어."

"하지만 이대로는 식사도 제대로 못 하시잖아요. 부탁이에요. 효과가 없으면 한 달 안에 그만둘 테니 그동안만이라도 좀 지켜봐주세요."

어머니는 단단히 화가 난 듯했다. 엄마 죄송해요. 작년부터 계속 우리를 돌봐주는데, 잠자코 지켜만 보라고 해서 …….

다음 날 아침 일어나보니 집 안이 조용했다. 부모님은 대체 어딜 간 것일까? 살짝 커튼을 젖히니 마당 테이블에서 두 분이 조용히 식사하고 있어서 얼른 커튼을 닫았다. 두 분은 그 후 매일 아침 마당에서 식사하고는 그대로 출근했다. 아무리 바빠도 저녁 식사 때는 집에 들렀는데 늦게까지 일을 하고 귀가했다. 다로와 함께 저녁 식사를 하지 않으려는 것 같았다. 부모님과 의견이 맞지 않아 불편해진 적은 처음이다. 그래도 굳이 식사 시간과 장소를 피해주는 건 내 생각을 존중한다는 뜻이리라. 하루라도 빨리 다로의 분노발작을 줄여야지.

하나코는 옆방에 있는 아기 침대에서 쌕쌕 자고 있다. 아직도 낮과 밤이 바뀐 생활을 해서 한밤중부터 아침 다섯 시경까지는 울음을 그치지 않아 매일 안아서 달래야 했다. 다행히 남편이 한 달 정도 육아휴직을 얻어 나와 교대로 하나코를 돌보는 중이다. 남편이나 나나 잠은 부족했지만 하나코에 대한 불안은 없었다.

부모님과 따로 식사하게 된 이후 나는 분노발작을 두려워하지 않고 의자와 장소를 바꿔가며 다로에게 음식을 먹여보았다. 다로가 난폭해지는 원인을 찾기 위해서였다.

눈으로 정보를 전달하면 어떨까 해서 먹는 사진을 보여주고 먹자고 해보았지만 별 효과가 없었다. 다양한 조건에서 실험해본 결과, 먹는 장소나 도구 때문에 분노발작을 일으키는 건 아

엄마라고 불러줘서 고마워

닌 듯했다. 역시 먹는 것 자체에 대한 거부감이 강한 모양이다.

다로는 두 살 무렵부터 먹는 음식량이 급격히 줄기 시작해서 지금은 흰밥에 특정 상표의 밥에 뿌려 먹는 가루와 미트볼, 군고구마, 두부 정도가 고작이었다. 그래도 나는 다른 음식도 먹이고 싶어서 매일 여러 가지 반찬을 내놓았다.

다로의 마음은 알 수 없지만, 정체를 알 수 없는 음식이 접시 위에 있으면 속이 안 좋아지는 모양이다. 단순히 음식이 싫어서라기보다는 두려워하는 것처럼 보였다. 싫어하는 음식이라도 계속 주면 포기하고 먹어주지 않을까 기대해보았지만 그런 일은 없었다.

그래서 다시 방법을 바꾸기로 했다.

지금 다로는 식사를 싫어한다. 우선 식탁에 앉는 것이 좋은 일이라는 생각이 들도록 해야 한다. 그래서 종류는 적지만 다로가 먹는 음식이 무엇인지 적어보았다. 영양 면에서는 균형이 안 맞을지 몰라도 일단 그 음식 위주로 먹이기로 했다.

다로는 좋아하는 음식만 접시에 놓여 있다는 사실을 알고 안심했는지 다 먹을 때까지는 앉아 있었다. 거의 다 먹고 나서 녹색 채소 같은 다로가 싫어하는 반찬을 추가로 한 접시 내놓았다.

"우와아아아!"

다로는 손을 뻗어 접시를 떨어뜨리려고 했다. 나는 그것을 막으려고 접시를 잡고 다로에게 큰 소리로 확실하게 다로가 해야 할 말을 알려주었다.

"싫어!"

싫어하는 반찬을 던져버리지 못한 다로는 얼굴이 시뻘게져서 의자에서 떨어질 듯 몸을 비틀어 심하게 흔들면서 화를 냈다.

싫은 감정을 '싫어'라든지 '필요 없어'라고 말할 수 있으면 얼마나 좋을까.

말을 못하기 때문에 집어던지고 먹지 않으려고 저항하는 것이 아닐까? 음식을 골고루 섭취하는 것은 나중 문제다. 어떻게든 거부하는 감정을 분노발작이 아니라 말로 표현할 수 있게 만들어야 했다.

아직 가족들이 잠들어 있는 여름 새벽, 부엌에서 하나코의 분유를 타면서 나도 모르게 한숨이 나왔다. 퇴원해서 집에 왔지만, 또다시 종양 적출 수술을 하러 입원해야 한다. 그러나 도저히 말을 꺼낼 만한 상황이 아니었다. 물론 아무리 가족 간의 분위기가 서먹해도 도와달라고 하면 모두 다로와 하나코를 돌봐

엄마라고 불러줘서 고마워

줄 것이다. 하지만 이렇게까지 다로의 분노발작이 심한데 도저히 수술 얘기를 꺼낼 용기가 나지 않았다.

혹시 다로를 몇 주 동안 맡길 수 있지 않을까 해서 집 근처 B시에 탁아 시설도 알아보았다. 하지만 '감염되기 쉬운 어린아이와 집단생활이 힘든 장애아는 맡을 수 없다'고 했다.

그렇지 않아도 다로가 힘들게 하는 시기인데 부모로서 내 한 몸도 관리하지 못하고 ……. 어느새 나는 또 울고 있었다.

우울증이라는 병이 본래 한 번 좌절하면 좀처럼 제자리로 돌아오기 힘들다. 좀 더 밝고 긍정적으로 살자고 생각했는데 나 자신도 주체할 수 없어 눈물이 났다. 나는 다로의 발작뿐 아니라 쉽사리 좌절하는 나 자신의 약한 마음과도 싸우고 있었다.

지옥 같은 분노발작이 계속되었지만, ABA 치료에서는 큰 발전이 있었다.

7월 중순에는 동작 모방을 제법 잘하게 되었다. 이제 음성 지시라는 과제를 시작했다.

지금까지는 '이렇게 해'라고 지시하고 머리를 만지면 따라 하곤 했는데 이제는 지시어를 좀 더 구체적으로 바꾸었다. '머리'라고 말하면서 어른이 머리를 만져 다로가 그 동작을 따라 하게

끔 시키는 것이다. 차츰 힌트를 줄여서 '머리'라는 말만으로 스스로 그 부분을 만질 수 있게 한다. 동작 모방을 제법 잘하게 되어서 그런지 지시어가 바뀌어도 다로는 쉽게 따라 했다.

과제는 순조롭게 진행되었지만, 지금까지 ABA에 대해 전혀 불신이 들지 않았던 것은 아니다. 다로가 더 많은 말을 해주었으면 하는 생각에 동작을 따라 하게 하는 것만으로는 만족하지 못했다.

단어가 아니라 동작만 모방하게 하는 방법은 너무 멀리 돌아가는 것이 아닐까? 정말 이 방법으로 괜찮은 걸까? 불안을 느낄 때도 있었다.

하지만 나중에는 무엇이든 잘 따라 하는 것이 매우 중요하다는 사실을 깨달았다. 다로는 큰 동작 모방에서 점점 단계를 높여 입술을 내민다든지, 뺨을 부풀린다든지 하는 자잘한 동작도 따라 할 수 있게 되었다. 그러자 따라 할 수 있는 소리나 단어가 조금씩 늘기 시작했다.

치료 센터나 두 달에 한 번 가는 종합병원의 의사는 말을 더 많이 걸어보라고 조언했다. 가정에서 치료를 시작하고부터 지나치게 많은 말을 하지 않기로 했었는데 말이다.

건강한 아이라면 단어뿐 아니라 '아빠는 일 가셔서 오늘은 집에 없단다'라고 긴 문장으로 말을 해도 자연히 그 뜻을 이해할 수 있다고 한다. 하지만 다로는 아직 말을 이해하는 힘이 약해서 말을 걸 때도 요령이 필요했다.

우리 가족은 천천히, 명확하게 짧은 문장으로 다로에게 말을 걸었다.

처음에는 이렇게 평상시에도 ABA 식으로 아이를 대하기가 좀처럼 쉽지 않았지만, 요즘에는 말의 '촉구' 기술도 터득했다.

예를 들어 다로가 테이블 위에 있는 바나나를 먹고 싶어 하면 처음에는 '바나나'라고 소리를 전부 다 말해주고 따라 하게 한다. 점점 '바나‥'라고 첫 두 음절만 말로 힌트를 주어 전체를 말할 수 있으면 '바‥‥' 하고 첫 음절만 촉구한다. 그러다 보면 힌트 없이도 말을 할 수 있게 된다.

어느 날 하나코를 안고 앉아 있는데 다로가 다가와서 갑자기 하나코의 다리를 만지며 '다디(다리)', 귀를 만지며 '귀', 손을 만지며 '손' 하고 혼자서 말했다.

다로는 지금까지 하나코의 존재에 아무런 관심을 보이지 않았다. 마치 하나코가 존재하지 않는 것처럼 말이다.

하지만 이제는 하나코의 귀, 옷 사이로 보이는 조그만 손발의

형태가 ABA 치료에서 배운 귀나 다리와 같은 것이라는 사실을 깨달은 듯했다. 그 말투는 내가 동의하기를 바라고 하는 것이 아니었다. 담담히 기계적이긴 했지만 나는 좋은 변화라고 생각해서 '잘하네'라고 많이 칭찬해주었다. 일부러 과장해서 칭찬하자 다로는 기쁜 듯이 웃었다.

그다음부터 하나코를 안고 있을 때도 기회를 놓치지 않고 다로에게 말을 가르치기로 마음먹었다. 다로는 처음에는 하나코의 손발을 알아보았다가, 며칠 후에는 드디어 하나코라는 존재 자체에 눈뜨기 시작했다.

손과 발에 이어, 눈썹, 눈, 코, 뺨 같은 세부 요소까지 가리킬 수 있게 되자 다로는 여동생의 얼굴을 기쁜 듯이 만졌다.

이에 나는 운다, 화낸다, 웃는다와 같은 사람의 표정을 그림 카드로 다로에게 가르쳤다. 내가 말한 표정의 종류를 구분할 수 있게 되자 하나코가 울면 '울고 있다', 웃으면 '웃고 있다'라며 실제 표정에 대한 표현을 매번 반복해서 가르쳤다.

아직도 다로는 자주 사물에 눈을 가까이 댔다. 하지만 그럴 때마다 누군가가 옆에서 주의를 다른 데로 돌렸다. 또 장난감 자동차나 기차를 자꾸 뒤집어서 타이어에 몰두하기도 했는데 그럴 때는 뒤집지 않고 그냥 달리게 하도록 어른이 함께 잡아주었다.

엄마라고 불러줘서 고마워

그러자 장난감을 따라 고개를 흔들어도 그다지 이상해 보이지 않았다. 어쩌면 처음으로 해보는 놀이다운 놀이인지도 모른다.

이렇게 다로와 씨름하는 나날이 계속되었다.

나는 퇴원 후에도 병원의 여러 과에서 통원 치료를 받았다. 계속 몸도 좋지 않은 상황이었는데 다행히도 다로가 유치원에 장기간 다닐 수 있게 되어 안심했다.

7월의 마지막 날, 한 달 남짓 되는 육아휴직을 마치고 남편은 직장에 복귀했다.

"미안해, 여보. 주말마다 오겠지만, 주중에는 당신 혼자 힘들겠다."

"고마워, 자기도 오랜만에 회사 가는데 힘내."

가끔씩 다로의 교육 방식을 놓고 심한 언쟁도 했지만, 출산 후 가장 힘든 시기에 남편이 함께 있어준 것에 감사했다. 매일 함께 아이들을 돌보다 보니 다로의 병으로 깊어졌던 마음의 골도 조금씩 메워지고 있었다.

사실 남편이 더 곁에 있어주길 바랐다. 다시 일을 시작하면 느긋하게 대화를 나눌 시간도 없을 테니까. 하지만 남편의 직장에서 육아휴직을 내는 남자는 거의 없다고 한다. 복귀하면 남편도 나름대로 다시 전쟁을 시작해야 한다. 나는 마음속 깊이 감사하면서 역까지 따라 나가 남편을 배웅했다.

남편이 직장에 복귀한 지 몇 주가 지난 어느 날이었다.

"지금 당장 이 소견서를 들고 C시의 전문 병원에 가세요. 한 시라도 빨리 입원해야 하니 집에 들르지 말고 곧장이요. 얼른 서두르세요."

추석 연휴가 시작된 이후 계속 다로의 미열이 떨어지지 않아 매일 동네 병원에 다녔는데 갑자기 큰 병원에 입원하라는 게 아닌가. 다로의 가슴에서 쉰 소리가 들리기 시작했는데 폐렴으로 발전했을 가능성이 크다고 했다.

나는 당황하여 병원 주차장에서 친정집에 전화했다. 지난번에 어머니와 말다툼한 이후로 불편한 상황이 계속되었지만, 어머니는 일을 쉬고 하나코를 봐주겠다고 했다. 남편에게 짧게 상황을 알리는 메시지를 보내고서 축 처진 다로를 차에 싣고 사십 분 정도 걸리는 C시의 병원으로 향했다.

차에 오르자 수술하고 이제 겨우 두 달이 지난 복부에 부담이 왔나 보다. 차가 조금만 흔들려도 통증이 밀려왔다. 아직 장거리를 운전할 만한 체력이 아니었지만, 힘을 낼 수밖에 없다.

"와아아아, 아아아."

다로는 몸이 안 좋아서 그런지 축 처져 있다가 갑자기 소란을 피우기 시작했다. 자동차 시트에서 나오려고 여기저기를 발로 차고 난리를 쳤다. 결국 몇 번이나 편의점 주차장에 차를 세우고 다로를 달래야만 했다.

가까스로 병원에 도착하자 도쿄에서 달려온 남편이 하얗게 질린 얼굴로 기다리고 있었다. 서둘러 왔음에도 직장을 조퇴하고 달려온 남편과 거의 비슷한 시간에야 당도했다.

검사 결과, 역시 세균성 폐렴이라고 한다. 계속 병원에 다녔는데 이렇게 갑자기 악화되다니 ……. 링거를 꽂은 다로의 얼굴에는 호흡을 편하게 하기 위해 안개처럼 약이 나오는 호스가 달려 있어서 안쓰럽기 짝이 없었다.

병실 창문 밖에는 다로가 좋아하는 전차 선로가 가로수 사이로 쭉 뻗어 있었다. 진료 기록을 마친 간호사가 말했다.

"저희는 완전 간호(병원이 입원 환자의 간호를 도맡아 해서 보호자가 필요 없는 간호 방식, 일명 보호자 없는 안심 병원—옮긴이) 시스템이라서 부모님은 수속이 끝났으면 돌아가셔도 됩니다."

"감사합니다. 하지만 저희 아이는 발달장애가 있습니다. 말도 아직 잘 못해서 할 수 있는 말이 열 손가락에 꼽을 정도예요. 자

엄마라고 불러줘서 고마워

기 의사를 잘 표현하지 못하니까 혼자 놔두기가 불안하네요."

"그러십니까? 하지만 낮에는 보육사가 두 사람 있고 저희가 계속 돌아다니니 괜찮습니다."

정말 괜찮을까? 오면서 다른 병실을 창문 너머로 들여다보니, 방마다 추락 방지용으로 철제 울타리를 높이 둘러친 침대가 있고 그 옆에 텔레비전이 켜져 있었다.

모처럼 말을 배우기 시작했는데 말할 일이 없어지면 금방 잊어버리는 것이 아닐까? 하나코를 부모님에게 맡겨두었으니 얼른 집에 돌아가야 한다. 하지만 다로 혼자 두고 집에 가려니 발걸음이 떨어지질 않았다. 잠자는 다로의 얼굴을 어루만지고는 내키지 않은 마음으로 어두워진 주차장으로 향했다.

열다섯 살 이하의 아이는 감염의 우려가 있어 입원실에 들어갈 수 없었다. 그러니 하나코를 데리고 다로를 면회 올 수도 없는 노릇이다. 게다가 부모님도 일 년 중 이때가 가장 일이 바쁜 시기라 낮에는 좀처럼 빠져나올 수 없었다. 부랴부랴 일을 끝내고 집에 돌아온 어머니에게 하나코를 맡기고 다음 날도 서둘러 다로가 있는 병원으로 향했다.

입원한 지 사흘째. 다로는 일인용 병실에서 큰 방으로 옮겨졌다. 순회하는 보육사들이 있었지만, 아무래도 말을 잘 거는 아이나 어리광을 부리는 아이에게 시간을 더 할애하게 마련이다. 다로는 링거를 맞으면서 침대에 덩그러니 누워 DVD를 보고 있었다.

"선생님, 이리 와봐요."

"엄마는 언제 와요?"

다른 아이들이 어른들의 주의를 끄는 모습을 보니 새삼 부러웠다. 아냐, 침울해 있을 때가 아니야. 나는 바로 메모장을 꺼내 다른 아이들이 하는 말을 적었다.

어떤 환경에서도 계속 말을 배워야 한다. 이렇게 입원했을 때나 부모의 손길이 미치지 않는 곳에 있을 때도 다로가 살아갈 수 있도록 앞으로 더 열심히 말을 가르치자.

다로의 침대 가까이 갔다. DVD에 정신이 팔려 있기에 전원을 끄자 그제야 고개를 들고 나를 바라보았다.

"안아줘."

다로가 작은 소리로 말했다. 다로는 두 살 이후 사람을 만지거나 손을 잡거나 안아주는 것을 좋아하지 않았는데, 혼자 있는 것이 어지간히 외로웠나 보다.

수술 부위가 욱신거렸지만 나는 다로에게 용기를 주려고 두 팔을 벌려 안아주었다. 그러자 이번에는 내 어깨 너머 창밖의

엄마라고 불러줘서 고마워

주차장에 서 있는 많은 차를 보고는 '차', '해주(해줘)' 하고 자신이 아는 말을 반복했다.

병원에서까지 유난을 떤다고 할 수도 있겠지만 나는 즉시 ABA 지시 따르기를 해보았다. 다로가 하루 종일 DVD만 보다가 이미 터득한 것까지 잊어버릴까 봐 두려워서였다.

머리라고 하니 다로가 머리를 만져서 상으로 자동차 스티커를 주었다. 다로는 기뻐했다. 노래나 손 놀이를 하면서 제한된 시간 동안 최대한 다로에게 자극을 주었다.

아무리 완전 간호라고는 해도 간호사들이 돌보기에는 한계가 있다. 다로 말고도 환자가 많은데, 장애가 있다고 특별 대우를 해주지는 않을 것이다. 곤경에 처해도 도와달라고 말하지 못하는 아이의 현실이 새삼 서글퍼졌다.

입원한 지 일주일째, 다로의 퇴원이 하루 앞으로 다가왔다.

그런데 이번에는 하나코가 심한 기침을 했다. 열을 재보니 38도가 넘었다. 아직 생후 두 달째라 면역이 있을 텐데 무슨 일일까?

"하나코도 혹시 모르니 입원하는 게 좋습니다. 어릴 때 고열은 매우 위험할 수 있습니다."

일주일 전과 완전히 똑같은 상황이 펼쳐졌다. 어쩔 수 없이 하나코도 다로와 같은 병원에 입원하고 말았다. 다로는 건강을 되찾아 다음날 퇴원하는데 하룻밤은 두 아이 다 입원해야 하는 상황이다.

병원에서 돌아와 아이들의 빈 침대를 보니 왈칵 눈물이 나왔다. 가끔씩 아이들로부터 해방되어 혼자만의 시간을 원할 때도 있었다. 아이들은 작지만, 그 존재는 엄청나구나. 울기도 하고 소란을 피우기도 하고 정말 손이 많이 가는데 없으니까 이렇게 적적하다니 ⋯⋯.

아이들과 지내는 일상이 얼마나 행복한 것인지 새삼 깨달았다.

다음 날 다로는 퇴원 허락을 받았지만 하나코는 만일에 대비해 사흘 정도 더 입원해야 했다.

주차장으로 가는데 다로가 입원했을 때 가지고 놀던 장난감을 양손에 잔뜩 들려고 했다.

"하나만 들자" 하고 빼앗으려고 하니 이렇게 소리치는 게 아닌가.

"싫어!"

드디어 해냈다. 입원 전에는 말하지 못했던 '싫어'를 스스로 말했다. 분노발작이 아니라 태어나 처음으로 말로써 거부 의사를 나타낸 순간이었다. 부모 곁을 떠나 새로운 경험을 한 다로가 조금은 의젓해 보였다.

"엄마!"

씩씩하게 소리치며 다로가 양팔을 벌려 안겼다. 나는 다로를 안아 들고 행복에 젖었다. 이것이 꿈이라는 사실을 깨달은 순간에는 어김없이 눈물이 흐른다.

남편에게 말하자 그이도 자주 그런 꿈을 꾼다고 했다. 우리 두 사람의 바람은 똑같다. 다시 한 번 다로가 엄마, 아빠라고 불러준다면 얼마나 좋을까?

마지막으로 다로가 엄마, 아빠라고 부른 것이 일 년쯤 전의 일이다. 지금 다로는 엄마, 아빠 하며 앵무새처럼 따라 하지도 못한다. 그래서 그런지 왠지 부모로서 자신감도 없어지고 속이 상했다.

ABA 치료를 시작한 지 석 달이 지나고부터 다시 한 번 엄마, 아빠를 부르는 소리가 듣고 싶어서 다로에게 '엄마, 아빠'를 되찾아주는 훈련을 시작했다.

어느 날, 나는 좋은 생각이 떠올라 남편에게 전화를 했다.

"여보세요? 자기야, 있잖아 ABA 치료할 때 쓰려고 하는데 가

족들 얼굴 사진 카드를 한 장씩 만들어줄래요? 엽서만 한 크기
에 되도록이면 배경은 전부 없애고 얼굴 정면 사진이 좋겠는
데."

"글쎄, 그런 사진 있을까? 어쨌거나 지금까지 찍은 사진들 중
에서 한번 골라볼게. 주말에 가지고 갈 테니 기다려."

ABA 치료에서 같은 것끼리 짝을 맞추는 연습을 할 때 문득
생각해낸 방법이다. 이 방법으로 다로가 어디까지 엄마, 아빠를
인식하고 있는지 알 수 있을지도 모른다.

어느덧 주말이 되어 다로에게 의자에 앉으라고 하고 남편이
만들어온 엄마(내 사진) 사진 카드를 꺼내 다로 쪽을 향하게 책
상 위에 두었다.

"같은 것끼리."

완전히 똑같은 사진 카드를 주어 책상 위에 놓은 카드와 짝을
맞춘다. 카드와 카드를 포개는 연습을 하고 나서 아빠(남편)의
사진 카드를 추가한다. 엄마와 아빠의 사진 카드를 나란히 놓고
다로가 어떤 반응을 보일지 가슴이 두근두근했다.

다로는 간단하다는 듯이 재빨리 엄마 카드를 같은 카드 위에
겹쳐놓았다. 아빠와 엄마의 사진 위치를 좌우로 바꾸어도 금방

엄마라고 불러줘서 고마워

해냈다. 다음으로 아빠의 사진을 주었다. 이번에도 옆에 있는 엄마 사진과 헷갈리지 않고 같은 아빠 사진 위에 정확하게 포개었다.

"여보, 다로는 우리를 부르는 건 잊었지만, 얼굴은 제대로 구분하는 것 같은데."

"그러게 말이야. 조금은 안심했어. 이제 말만 돌아와주면 좋겠는데."

"나도 그래. 어서 예전처럼 불러줬으면 좋겠어. 바나나 같은 명사는 몇 개 말할 수 있는데 엄마와 아빠 소리는 따라 하지도 않으니."

다로가 사진 짝짓기를 잘한 덕분에 기분이 좋아진 우리는 거기에 할아버지, 할머니, 하나코, 다로 자신의 사진을 조금씩 추가해나갔다. 다로는 종류가 늘어나도 같은 사진을 간단히 찾아냈다. 답을 맞혀서 칭찬해줄 때마다 싱글벙글 웃는다.

"좋아. 이제 이 사진에 이름을 붙여주자."

《쓰미키 BOOK》을 참고해서 이미 익숙해진 사물 가리키기(수용언어) 과제에 엄마와 아빠도 추가하기로 한 것이다. 가령 책상 위에 펜과 자동차를 놓고 어른이 '자동차' 하고 말하면 자동차를, '펜' 하고 말하면 펜을 만질 수 있도록 사물의 이름을 이해시키는 과제다.

책상 위에 이미 이름도 알고 발음도 할 수 있는 바나나를 놓고 "바나나" 하고 내가 말하자, 다로는 바나나를 만진다.

"잘하네!"

옆구리를 살살 간지럽혀서 강화한 후에 드디어 엄마 가리키기에 들어갔다.

이번에는 바나나를 치우고 내 사진을 한 장만 놔둔다.

"엄마."

나는 천천히 그리고 분명한 발음으로 말하면서 다로의 손을 잡고 내 사진을 만지게 했다.

그런 다음 이름을 확실히 아는 컵이나 바나나와 함께 내 사진을 책상 위에 나란히 두었다. 차츰 내 도움 없이도 '엄마'라고 지시하면 내 사진을 만질 수 있게 되었다.

"아직 '엄마'라고 한 번도 따라 하지 않았지만 이름은 아는 것 같아."

말은 하지 않아도 엄마라는 말과 내 얼굴을 일치시킨 것이다. 다로가 다시 엄마로서 인정해준 것 같아 가슴이 뿌듯했다.

이번에는 책상 위에 남편의 사진을 놓고 조금 앞에 내 사진을

엄마라고 불러줘서 고마워

놓았다.

"엄마" 하고 지시했지만, 다로의 손은 멈추었다. 곧바로 다로의 손에 내 손을 얹고 정답을 알려주었지만 내심 실망했다. 엄마와 아빠 얼굴은 알지만, 엄마와 아빠의 소리를 아직 구분하지 못하는 것 같았다.

시험 삼아 할아버지와 할머니도 마찬가지 방법으로 고르게 해보았다. 그러자 할아버지와 할머니는 어려움 없이 구분했다. 그다음엔 거울을 보게 하고 '다로'라고 말하면서 자신의 사진을 가리키게 했다. 이윽고 다로는 여러 사진에서 자신의 사진을 구분하여 지시대로 고를 수 있게 되었다.

할아버지와 엄마, 할아버지와 아빠도 같은 식으로 해보았더니 정확하게 카드를 집어냈다. 엄마와 아빠의 조합만 구별하지 못했다. 엄마와 아빠는 둘 다 두 음절이고 발음도 비슷해서 구별하기 힘든 게 아닐까?

그렇다면 엄마, 아빠만 고집하지 말고 한쪽을 아버지나 어머니라고 부르면 어떨까? 하지만 나는 사라진 말, 아빠와 엄마에 대한 미련을 버릴 수가 없었다. 다로가 그렇게 불러주었을 때 얼마나 사랑스러웠던가.

계속 가르쳐주면 언젠가는 다시 불러주지 않을까? 엄마, 아빠 사진 가리키기에 고전하다 보니 다시 불안해지기 시작했다.

　나 혼자서 아이를 돌보았더라면 내가 하는 ABA 치료가 과연 맞는지 불안해서 견디지 못했을 것이다. 다행히 가끔 의견 충돌도 있지만, 가족 모두가 다로를 돌보고 있다. 다로를 조금이라도 향상시키려는 마음만은 모두 같아서 아마추어일지라도 ABA에 대해 열심히 지혜를 모았다.

　"아빠, 아빠."

　목욕탕에서 남편 목소리가 들렸다. 평소보다 좀 더 높고 확실한 발음이다. 남편이 다로와 목욕하면서 사물 가리키기 연습을 하는 것 같았다.

　"여보, 목욕탕 안이 의외로 좋아. 주의가 분산되지도 않고 사방이 다 벽이니까 집중도 잘 되잖아? 내 무릎 위에 다로를 앉히고 입 모양을 볼 수 있게 얼굴을 바짝 대고 '아빠' 하면서 가르치고 있어."

　"그거 정말 좋은 생각이네. 그러고 보니 사진을 책상 위에 놓고 엄마, 아빠 하고 말하면 다로는 우리의 입 모양이 아니라 사진을 계속 보잖아. 앞으로는 사진을 입 근처에 대고 엄마, 아빠 하며 가르쳐볼까?"

어느 날, 다로의 증조할머니가 오랜만에 요양 시설에서 잠시 귀가했다. 아흔둘이나 되는 연로하신 분이라 다로에게 장애가 있다고 말씀드리지 않았다. 아직 아빠, 엄마를 말하지 못한다고 하자 온화하게 웃으면서 예리한 지적을 해주었다.

"남자아이는 말이 늦되는 법이니 조만간 말을 할 테지. 아빠, 엄마라는 말을 듣고 싶으면 너희도 서로 호칭을 바꾸어 부르면 어떨까?"

"네? 우리가 서로 엄마, 아빠라고 부르라고요?"

"그렇지, 요즘 젊은 사람들은 신식이라 결혼해도 서로 이름을 부르더구나. 혹시 공부할 때만 다로에게 아빠, 엄마를 말하라고 가르치지는 않니? 평소에는 서로 이름으로 부를 텐데 말이야. 전에 미카, 네가 칭찬하는 말을 모두 통일하자고 했었지? 아빠, 엄마도 다로가 확실히 알 때까지 호칭을 하나로 통일하면 어떻겠니?"

왜 그 생각을 미처 하지 못했을까?

ABA 치료에서 가르친 것을 일상생활에서도 실천하겠다고 선언했으면서 말이다. 서로 이름이나 '자기', '여보'라고 부르는 것이 습관이 되어 거기까지는 미처 생각하지 못했다. 할머니의 조언대로 아빠, 엄마를 이해할 수 있을 때까지는 다로 앞에서 서로 호칭에 주의하기로 했다.

9월로 접어든 어느 날, 여느 때처럼 유치원에서 돌아온 다로에게 가족의 사진을 보여주며 ABA 치료를 하고 있었다.

"엄―마."

갑자기 다로가 작은 소리로 '엄마' 하며 나를 따라 했다. 아, 드디어 엄마라고 했다! 이 소리를 얼마나 그리워했던가? 나는 그날 밤 기뻐서 잠을 이룰 수 없었다.

엄마라는 말을 따라 할 수 있게 되자 조금씩 일상생활에서도 나를 '엄마'라고 불렀다. 비록 옆에서 살짝 도움이 필요했지만. 그러나 엄마와 아빠는 여전히 구분하기 힘든 모양이다. '엄마'라는 말을 했다고 해서 '아빠'라고 할 수 있는 것은 아니었다. 다로는 남편까지 '엄마'라고 불렀다.

엄마라는 말을 따라 한 지 두 주일 후 주말. 남편이 목욕탕에서 아빠를 가르치고 있었을 때 다로는 불현듯 아빠라는 말을 따라 하기 시작했다.

"대단해, 다시 아빠를 말할 수 있게 됐어."

남편은 무척 기뻐했지만, 이번에는 잘하던 엄마 소리가 완전히 사라져서 아무리 시범을 보여도 엄마라고 말하지 않았다.

엄마라고 불러줘서 고마워

다로에게 엄마, 아빠라는 말은 좀처럼 자리를 못 잡는 것 같다. 엄마를 말하면 나는 좋지만 아빠를 잊어버려 남편이 실망하고, 반대로 아빠 소리밖에 못 해서 내가 속상해하는 날이 반복되었다. 이상하게도 아침에 엄마 소리를 하면 하루 종일 아빠 소리는 따라 하지도 못했다. 다로에게 엄마와 아빠는 그토록 높은 벽이란 말인가?

다로는 변함없이 편식했지만 싫은 것을 싫다고 말할 수 있게 된 후로는 말로써 거부했다. 당연히 분노발작도 급격히 줄어들었다. 같은 시기에 '기다려'의 뜻도 이해해서 다로가 '해줘'라고 말했을 때, 바로 들어주지 않아도 '기다려'라고 하면 조금 기다려주었다.

다행히 지옥과도 같았던 분노발작이 사라져 온 가족이 다시 함께 식사할 수 있게 되었다. 요즘 ABA 치료 이외의 시간에도 어떻게든 가족들의 이름에 익숙해지도록 저녁 식사 때마다 간단한 게임을 했다.

다로는 이름을 말하면 그 사람을 빨리 가리키는 게임을 좋아했다. 12개월 때 손가락질을 조금 하다가 24개월부터 하지 못했지만, 동작 모방 훈련을 반복하자 다시 한 손가락으로 사람을 가리키는 게 가능해졌다.

'사람의 이름 + 여기요' 게임도 자주 했다.

"할아버지, 여기요" 하고 내가 말하면 다로가 호명된 사람에게 내가 준 물건을 가져다주는 것이다. 성공하면 칭찬하면서 간지럼을 태우거나 비행기를 태워주는 등 보상을 듬뿍 주는 게임이다. 어른들은 가만히 앉아 있기만 하면 되기 때문에 다로의 증조할머니도 참여했다. 다로는 가족 모두의 칭찬을 받고 크게 웃었다.

다만 엄마와 아빠는 아직까지 자주 혼동해서 어른이 뒤에서 다로의 등을 나 또는 남편 쪽으로 살짝 밀어서 답을 맞히게 유도한다. 나한테 잘 찾아오면 옆구리를 간지럽힌다. 다로는 이 놀이를 아주 좋아해서 차츰 도와주지 않아도 엄마라고 하면 엄마에게, 아빠라고 하면 아빠에게 장난감을 갖다 주게 되었다.

9월 하순에 남편이 일주일 정도 늦은 여름휴가를 받았다. 우리는 한껏 기분을 내어 아이들을 데리고 오키나와에 가기로 했다. 쉽게 피로를 느끼는 나와 조금 얌전해졌다고는 하지만 언제 또 분노발작을 일으킬지 모르는 다로, 아직 고개도 못 가누는 하나코를 데리고 멀리 떠나겠다고 하자 부모님은 못내 걱정했다.

나는 마음속으로 다짐했다. 오랫동안 종양을 방치했는데 만일 악성이라면 이미 손쓸 수 없는 지경에 이르렀을지도 모른다. 이 여행이 끝나면 이번에야말로 수술을 받아야지. 이런 몸으로 여행을 갔다가 계속 호텔에만 있을지도 모르지만, 아이들과 추억을 만들자.

이제 다로는 자발적으로 엄마라고 할 수 있었지만, 아빠라는 말은 여전히 하지 못했다.

"여기서 기다려. 내가 짐을 가지고 올게."

남편은 비행기에서 내리자마자 벽 쪽에 유모차와 배낭을 내려놓았다. 그런 다음에 안고 있던 하나코를 포대기째 나에게 넘기고는 짐이 나오는 곳으로 걸어갔다.

"앉아."

나는 다로를 벽 쪽 벤치에 앉히고 나도 그 옆에 앉았다. 그런데 다리를 흔들던 다로가 갑자기 벌떡 일어났다. 너무 놀라서 큰 소리로 다로를 불러 세운 순간 예상치도 못한 일이 일어났다.

"아빠—!"

다로가 큰 소리를 지르면서 등을 보이고 서 있는 남편을 향해 달려간 것이다. 남편이 있는 곳까지 60미터 정도의 거리였을까. 나는 그 자리에 짐을 놓은 채 하나코를 안고 전속력으로 다로를 쫓아갔다.

다로는 다시 한 번 "아빠!" 하고 말하면서 뒤에서 와락 남편의 다리를 끌어안았다. 그이가 놀라서 다로를 쳐다보았다.

"오늘 아침엔 '엄마'밖에 못 하더니 지금 분명히 '아빠'라고 했지?"

"응. 말했어. 확실히 들었어. 다로야, 엄마는?"

나는 숨을 죽이고 엄마가 어디 있는지 말하도록 재촉한다.

"엄마."

다로는 웃으면서 나를 가리켰다.

"자, 아빠는?"

남편이 성급히 묻는다.

"아빠."

다로는 깔깔 웃으면서 그렇게 말하고 남편의 바지를 잡아당겼다.

"이것 봐, 다로가 드디어 돌아왔어. 우리가 생각났나 봐."

다시는 우리가 아빠와 엄마라는 사실을 잊지 말아다오.

우리는 짐을 가지러 오는 사람들 틈에서 눈물을 흘리며 기뻐했다.

'엄마'와 '아빠'를 집중적으로 가르친 지 무려 넉 달 만의 일이었다.

오키나와에서 돌아오자마자 다로를 데리고 동네 종합병원에서 두 번째 발달검사를 받았다. 다로의 상태는 반년 전과는 많이 달랐다. 무엇보다 이제는 잘 앉을 수 있고 상대방의 지시를 들으려는 자세로 자리를 절대 뜨지 않는다. 덕분에 처음 만나는 선생님이었지만 검사를 무리 없이 진행할 수가 있었다.

"눈이 어디야?"

다로는 바로 눈을 가리킨다.

"그래 맞아. 잘하네. 귀는?"

다로는 귀를 가리킨다. 선생님이 차례차례 신체 부위를 묻자 다로는 정확하게 그 부분을 가리켰다.

"굉장하구나. 이제 뭐든지 다 아네."

다로는 칭찬을 받아서 기분이 좋은 것 같다. 나는 '뭐든지 아는 것이 아니라 ABA 치료로 가르친 것이라서 맞힐 수 있는 거예요'라고는 말하지 못했다.

물론 상당히 호전됐지만, 아직 전반적으로 좋아졌다고는 할 수 없다. 엄마, 아빠라고 부를 수 있게 되었지만, 아기 때 우리 가족에게 보여주었던 친근감은 아직 돌아오지 않았다. 게다가 학습을 통해 할 수 있는 것이 늘었어도 어린이다운 호기심이나 창의적으로 노는 능력은 아직 부족했다.

검사를 담당한 선생님도 나와 같은 생각을 해서 깜짝 놀랐다. 선생님이 책상 앞에 앉자 다로도 책상 건너편에 얌전히 앉았다. 하지만 검사가 끝나고 자유로워지자 가까이에 장난감 상자가 있어도 무엇을 해야 좋을지 모르는 것 같았다.

"반년 전에 치료 센터에서 받은 것과 같은 신판K식 검사인데 이번에는 상당히 좋아졌네요. 자세·운동이 DQ 64, 인지·적응이 DQ 91, 언어·사회가 DQ 63입니다. 전체 종합 DQ는

76입니다."

"그 정도면 지적장애는 어떻게 되나요?"

"이번에 인지 DQ가 높아서 전체적으로는 70점대의 경계선 (경계지능)에 들어갔지만, 언어 능력은 아직 가벼운 지체가 있는 것으로 보입니다. 하지만 처음에 중등 장애를 받았던 것에 비하면 상당히 향상되었습니다. 슬슬 두 단어로 문장을 만드는 데 힘쓸 시기가 된 것 같습니다."

지난 반년 동안 발음은 나쁘지만, 명사와 몇 개의 요구언어를 포함해 쉰 개 정도의 단어를 표현할 수 있었다. 명사를 가르칠수록 어휘력은 늘었지만, 말과 말을 붙여서 하려고 하지는 않았다. 개인차가 있는 것일까? 유치원에서 37~38개월 된 아이들을 보면 벌써 두 단어 이상을 말했다.

다로도 그렇게 되면 의사소통이 더 수월해질 것이다. 어떻게 해서든 이 두 단어의 높은 벽을 넘어야 하는데 …….

나는 서둘러 두 단어 문장 만들기를 시작하기로 했다. 먼저 확실히 아는 명사 '엄마'와 확실히 사용할 수 있는 요구언어 '주세요'를 붙여서 말을 시켜보았다.

다로는 밥을 먹다가 숟가락이나 포크를 잘 떨어뜨리기 때문에 그 기회를 틈타 '엄마, 주세요'라며 시범을 보이고 따라 하게 시킨다. 그러자 겨우 이틀 내지 사흘 만에 식사할 때 '엄마, 주세요'를 쓸 수 있게 되었다.

최근 며칠 동안 날씨가 나빠서 비바람이 차의 앞 유리창을 폭포처럼 흘러내렸다. 나는 차에 태운 다로에게 "비, 주룩주룩" 하고 따라 하게 했다. 그다음 날도 비가 와서 다로는 자동차를 타자마자 "비, 주룩주룩" 하고 스스로 말했다.

"이제 두 단어를 조금 말할 수 있게 되었어요."

나는 기뻐서 의기양양하게 남편에게 전화로 알려주었다.

저녁 식사 때 하나코의 기저귀를 갈고 있을 때였다. 옆방에서 다로가 어머니에게 "엄마, 주세요" 하고 말하는 것이 들려왔다.

놀란 어머니가 "엄마가 아니잖아. 할머니, 주세요"라고 말해도 "엄마, 주세요"를 반복했다.

아무래도 평소에 나하고 ABA 치료를 하기 때문인 것 같았다. 다로가 그때까지 잘 사용하던 '주세요'에, '엄마'를 추가해서 무리하게 두 단어 문장으로 말하도록 반복적으로 입력시킨 결과, '엄마주세요'라는 하나의 단어로 암기해버린 것이다.

나하고 있을 때는 그렇게 말하면 때와 장소에 들어맞았기 때문에 기뻐서 더 독려했다. 그런데 설마 다로가 다른 사람에게도 '엄마, 주세요'라고 할 줄이야.

이대로는 안 된다. 다시 한 번 그냥 '주세요'로 돌아가야 한다. 어쩔 수 없이 나에게 '엄마, 주세요'라고 할 때도 '주세요'로 다시 가르치기로 했다.

그렇게 다로의 기억에서 '엄마, 주세요'를 지우고 원래의 '주세요'로 되돌리는 데 일주일이나 걸렸다. 그러고 보니 또 다른 문장 '비, 주룩주룩'도 단순히 하나의 긴 단어로 기억하는 것이 아닌가 하는 생각이 들었다. 다로는 계속되던 비가 그치고 맑은 날이 계속되어도 차를 타고 앞 유리창을 볼 때마다 기계적으로 '비, 주룩주룩'이라고 말했다.

결국 난 빨리 성과를 올리고 싶어서 시간과 노력을 허비하고만 셈이었다. 낭패감이 들었다.

다로의 어휘 수가 점점 늘어가는 발달 단계에 들어섰지만, 아직 두 단어 문장을 만들 준비가 안 된 것은 아닐까? 단어 두 개로 문장을 말하는 것은 지금의 다로에게는 의외로 힘든 일인지도 모른다. 나는 내 ABA 치료 방식의 허점을 반성하고 《쓰미키 BOOK》을 참고해서 단어와 단어를 잇는 연습을 처음부터 꾸준히 시작해보기로 했다.

《쓰미키 BOOK》에서는 내가 그랬던 것처럼 갑자기 단어를 이어서 두 단어 문장을 통으로 암기시키는 것이 아니라 우선 '명사+명사'로 두 개의 단어를 합치는 연습을 하고 두 가지 물건을 고르게 하는 과제부터 시작했다.

예를 들어, 책상 위에 사과와 귤을 놓고 '사과와 귤' 하고 말하면서 다로가 나에게 두 가지 물건을 가져다주게 한다. 익숙해지면 책상에 놓는 물건을 세 개, 네 개로 점점 늘려 그중에서 내가 말한 두 가지를 집도록 유도한다.

두 가지 다 고를 수 있게 되면, 다음에는 물건을 받은 직후에 '뭐를 주었니?' 하고 물어서 '사과와 귤'이라고 대답하게 한다.

이렇게 조금씩 단어 두 개를 붙여서 표현하는 방법을 익혔지만, 다로 스스로 두 단어 문장을 자유롭게 구사하려면 많은 연습이 필요했다.

다로가 두 단어로 문장 만들기 과제를 이해하기 시작했어도 이번에는 '엄마, 주세요'처럼 일상생활에서 특정 문장만 집중적으로 사용하는 일은 삼갔다. 하나의 문장처럼 두 단어 문장을 그냥 통째로 암기한다고 해서 다른 두 단어 문장을 만들 수 있는 응용력이 생기는 것이 아니라는 사실을 깨달았기 때문이다.

ABA 치료에 그림 카드도 자주 교재로 사용했다.

엄마라고 불러줘서 고마워

'사과 먹고 있다', '생선 자르고 있다' 등 다양한 그림을 보여주면서 내가 두 단어 문장으로 시범을 보이면 다로가 따라 했다.

유치원 선생님들도 적극적으로 협력해주었다.

"'숟가락 주세요', '젓가락 주세요' 하고 제 말을 흉내 내게 하면서 떨어진 물건을 바로 집어주고 있는데, 그렇게 하면 될까요?"

나는 늘 협력해주는 선생님들에게 감사의 말을 전했다. 낮에도 다로가 여러 가지 상황에서 두 단어 문장을 연습할 수 있다니 정말로 고마운 일이다.

두 단어 문장 만들기를 목표로 집중한 지 한 달 반 후, '하나코·코자자', '할아버지·주세요', '엄마·열어'라고 스스로 말할 수 있게 되었다.

우리는 다로가 두 단어 문장을 말할 때마다 "굉장해. 공·주세요!라고 했네!" 하고 칭찬해주었다. 두 단어 문장을 구사할 수 있게 되자, 세 단어 문장도 인지할 수 있도록 기회를 봐서 일상 대화를 할 때 반복적으로 다로에게 시범을 보이고 흉내 내게 했다.

그렇게 두 달이 지나자 가끔 "할아버지·전화·여보세요·해요" 하는 네 단어 문장까지 구사할 수 있게 되었다.

사물 가리키기를 할 때도 그랬지만 자연스럽게 말이 나오지 않을 때는 소리를 내기 전에 개념을 제대로 길러주는 것이 중요하다.

이렇게 두 단어 문장의 벽을 돌파함으로써 나는 다로와 대화를 주고받을 수 있으리라는 희망을 품었다. 예전에는 꿈도 꾸지 못했던 일이다.

이 무렵 다로는 화살표에 강한 흥미를 보이기 시작했다.

아직 "이거 뭐야?" 하고 스스로 질문하지는 못한다. 하지만 우유병이나 각종 팩의 상표를 벗기는 곳에 그려진 화살표를 만지는 것을 자주 볼 수 있었다.

지난 가을 발달검사에서도 지적받았지만, 다로가 흥미를 느끼는 것은 극히 제한적이었다.

그래서 겨우 새롭게 흥미를 보이기 시작한 화살표를 가지고 조금이라도 다로의 언어 세계를 넓혀보려고 했다.

우선 우유병의 상표를 다로와 함께 벗기면서 화살표와 같은 방향으로 떼어내기로 했다. 매일 반복하자 다로는 화살표가 방향을 표시한다는 것을 어렴풋하게나마 이해한 듯했다.

그래서 화살표를 가지고 놀면서 좌우의 개념을 다로에게 가르치기로 했다. 다로가 보는 쪽 정면에 작은 상자로 역을 만든 다

엄마라고 불러줘서 고마워

음 눈앞에 장난감 기차를 놓는다. 화살표 카드를 만들고 → 카드를 향해 '오른쪽'이라고 말하고 나서 오른쪽으로 덜컹덜컹 하고 말하면서 움직인다. ← 카드를 보여주고 '왼쪽'이라고 말하면서 왼쪽으로 움직인다.

이렇게 시범을 보여준 다음, '오른쪽'이라고 말하고 화살표 카드를 → 쪽으로 놓으면 다로가 기차를 오른쪽으로 달리게 했다. 점점 화살표 카드를 쓰지 않고 내가 목소리만으로 '오른쪽' 혹은 '왼쪽'이라고 말해도 정확한 방향으로 기차를 움직였다. 기차를 워낙 좋아해서 그런지 이 놀이를 아주 좋아했다.

이렇게 좌우 방향을 이해하자 걸을 때도 '오른쪽으로 가' 하고 지시하면 알아들었다.

위아래 방향을 가리킬 때도 ↑, ↓ 화살표 카드를 각각 한 장씩 준비했다. 머그컵이 들어 있던 종이 상자의 한 면만 떼어 내고 그 안에 인형을 넣어 교재로 만들었다.

화살표 카드 ↑를 보여주고 '위'라고 내가 말하면서 엘리베이터처럼 보이는, 인형이 든 상자를 위로 올린다.

다로는 엘리베이터를 좋아해서 기뻐하며 '더'라고 말했다.

위 방향에 익숙해진 다음에는 아래 방향도 같은 방식으로 해보았다.

다로가 위아래를 이해하고 나서는 내가 엘리베이터의 화살표 카드를 손가락으로 눌렀다. 예컨대, ↑를 누르면 다로가 혼자 생각해서 올바른 방향으로 엘리베이터를 움직이는 것이다.

엘리베이터 문을 열고 닫는 마크도 처음에는 화살표로 가르친 다음 실제 엘리베이터 버튼에서 흔히 볼 수 있는 것처럼 삼각형 마크로 바꾸었다. 이렇게 연습하니까 다로는 삼각 마크도 화살표와 마찬가지로 뾰족한 쪽이 진행 방향을 뜻한다는 사실을 이해했다.

놀이를 통해 엘리베이터 버튼의 의미를 이해한 다음부터는 매일 엘리베이터 버튼을 다로에게 누르게 했다.

다로는 줄넘기를 둥글게 묶어서 하는 기차놀이도 굉장히 좋아한다. 이 기차놀이를 이용해서도 여러 가지를 가르칠 수 있다.

가족의 협조를 얻어 놀이에 참여하는 사람 수를 늘려서 순서를 기다리는 연습을 하거나 각 방의 이름을 역 이름으로 정해서 '다음은 화장실, 화장실 역입니다' 하며 방의 이름을 가르쳤다.

또 다로가 승객이 되었을 때는 부모님 방 역에 내려서 문을 열고 안에 있는 사람에게 '봐요!' 하며 선물로 가지고 온 물건을 보여주는 놀이도 매일 했다. 먼저 어른이 시범을 보여주고 다로도

"봐요!" 하고 말하면 방 안에 있는 사람은 "잘했네!" 하고 다로를 간지럼 태우거나 비행기를 태워주면서 한껏 칭찬했다.

다로가 방문을 열고 혼자서 "봐요!" 하고 물건을 보여주면 도깨비 상자처럼 안에 있는 사람이 바로 나타나서 뭔가 재미있는 것을 해주었다. 다로는 이 놀이를 너무 좋아해서 아버지가 피곤한 기색으로 "이제 그만 재우면 안 되니?" 하고 말할 때까지 몇 번이고 반복했다.

그다음에는 "봐요!" 하고 상대에게 가지고 온 물건을 보여주는 행동에다 동작 모방에서 익힌 한 손가락을 세우는 행동을 덧붙였다. 이것을 반복하자 다로는 일상생활에서도 자신이 가지고 온 물건을 한 손에 안고서 "봐요!" 하고 손가락으로 가리킬 수 있게 되었다.

전에는 내가 제안하는 놀이를 내켜 하지 않는 다로를 어떻게 해야 할지 몰라 고민하곤 했는데 관심 있는 대상으로 가르치면 쉽게 배운다는 사실을 깨달았다.

이젠 다로가 더 기뻐하도록 갖가지 계획을 세우면서 나 스스로도 즐기게 되었다.

나는 지난여름 이후 가끔 자책에 빠졌다.

"이렇게까지 상태가 안 좋아지기 전에 가슴에 통증을 느꼈을 겁니다."

다로가 폐렴으로 입원했을 때 의사 선생님이 한 말이다.

아프다는 말을 다로가 스스로 할 수 있었으면 더 빨리 사태의 심각성을 알아차렸을지도 모른다.

아프다는 표현은 명사와 달리 가르치기가 쉽지 않다. 감각을 도대체 어떻게 가르치면 좋을까?

이럴 때는 쓰미키 모임의 블로그가 도움이 되었다. 감각의 표현 방법에 대해 질문하자 친절한 선배 엄마가 얼굴도 모르는 나에게 즉시 메일을 준 것이다. 가슴이나 배의 통증은 당사자밖에 알 수 없지만, 남들이 짐작할 만한 통증도 있다고 조언했다.

예를 들면, 아이가 넘어졌을 때가 그렇다. 이럴 때가 아프다는 감각과 말을 일치시키는 좋은 기회라는 것이다.

나와 가족은 이 조언을 참고해서 통증의 감각 표현을 가르치기로 했다. 다로는 몸의 중심을 못 잡는지 자주 넘어지곤 했다.

넘어져서 큰 소리로 우는 일이 많았다. 우리는 다로가 넘어진 순간 "아파!" 하고 소리 내어 말해주기로 했다. 말하는 사람이 정말 다친 것처럼 '아파!' 하고 확실한 발음으로 말한다. 그렇게

엄마라고 불러줘서 고마워

하지 않고 어른이 '아파?' 하고 묻기만 하면 다로는 그 억양으로 기억하기 때문에 주의가 필요하다.

이렇게 모두 통증의 감각 표현을 목표로 삼고 노력하다 보니 다로가 넘어져도 '괜찮아?'라고 묻는 사람이 없어졌다. 모두들 울고 있는 다로에게 마치 자신이 심하게 넘어지기라도 한 듯이 '아파!' 하고 따라 하게 했다.

이렇게 계속하자 다로는 넘어졌을 때 우리의 도움 없이도 '아파!'를 말할 수 있게 되었다. 드디어 통증의 감각과 말이 일치한 것이다.

"아파, 아파!"

다로는 넘어진 채 울면서 말했다. 나는 무릎에 붙은 모래를 털어주면서 마음속으로 '해냈어. 아프다고 스스로 말할 수 있게 되었구나'라며 기뻐했다.

통증을 남에게 전달하는 것은 자신을 지키기 위해 꼭 필요한 능력 중 하나다. 이제 다로는 내가 곁에 없어도 스스로 자신의 아픔을 표현할 수 있을 것이다.

다로가 살아가는 기술을 또 하나 터득한 것이 대견했다.

- 원하는 걸 들어주지 않을 때도 있다는 걸 알게 하기

  ⇒ '안 할 거야' 하고 분명히 말한 후 차분해질 때까지 무시한다. 아이에게 '분노발작을 일으키는 것은 네 맘이지만 안 들어주는 것도 있다'는 사실을 인식시킨다.

- 일상생활에서 '기다려' 활용하기

  ⇒ 아이가 좋아하는 물건을 놓고 집으려고 하면 '기다려'라고 지시한 다음 몇 초 동안 참게 한다. 아이가 바로 잡으려 하면 아이의 손에 몇 초간 살짝 제재를 가하는 훈련을 반복한다.

- 일상생활에서 '싫어' 활용하기

  ⇒ 밥 먹기를 싫어하는 아이가 손을 뻗어 접시를 떨어뜨리려고 하면, 접시를 잡고 아이에게 큰 소리로 확실하게 아이가 해야 할 말 '싫어!'를 알려준다.

- 지시어 말하기

  ⇒ '머리'라고 말하면서 어른이 머리를 만지고 아이가 그 동작을 따라 하도록 시킨다. 지시어를 다른 단어로 바꾸어가며 같은 방식으로 연습한다.

- 사람의 표정을 그림 카드로 가르치기

  ⇒ 실제 표정과 그에 맞는 그림 카드를 보여주면서 반복해서 가르친다.

- '엄마'라는 말 하기

  ⇒ 아이 앞에 엄마 사진을 한 장만 두고 '엄마'라고 천천히 그리고 분명한 발음으로 말하면서 아이의 손을 잡고 엄마 사진을 만지게 한다. 그런 다음 이름을 확실히 아는 다른 사물들과 함께 엄마 사진을 책상 위에 나란히 두고, 지시어에 따라 변별할 수 있게 한다.

  ⇒ 목욕탕 안은 주의가 분산되지 않고 사방이 다 벽이어서 집중도 잘 된다. 아이를 무릎 위에 앉히고 입 모양을 볼 수 있도록 얼굴을 바짝 대고 '엄마' 하고 가르친다.

  ⇒ 아이가 '엄마'를 확실히 알 때까지 가족들이 '엄마'라는 한 가지 호칭으로 통일하여 부른다.

- 화살표로 좌우 개념 가르치기

⇒ 우유병의 상표를 아이와 함께 벗기면서 화살표와 같은 방향으로 떼어낸다.

⇒ 화살표를 가지고 놀면서 좌우 개념을 가르친다. 아이가 보기에 정면에 작은 상자로 역을 만든 다음 눈앞에 장난감 기차를 놓는다. 화살표 카드를 만들고 → 카드를 향해 '오른쪽'이라고 말하고 나서 오른쪽으로 덜컹덜컹 하고 말하면서 움직인다. ← 카드를 보여주고 '왼쪽'이라고 말하면서 왼쪽으로 움직인다. 이렇게 시범을 보여준 다음, '오른쪽'이라고 말하고 화살표 카드를 → 쪽으로 놓으면 아이가 기차를 오른쪽으로 달리게 한다. 점점 화살표 카드를 쓰지 않고 목소리만으로 '오른쪽' 혹은 '왼쪽'이라고 말해도 정확한 방향으로 기차를 움직일 수 있다.

- 통증 감각 표현 가르치기

⇒ 아이가 넘어진 순간 '아파!' 하고 소리 내어 말해준다. 말하는 사람이 정말 다친 것처럼 '아파' 하고 확실한 발음으로 말한다. 이때 모든 사람이 '아파!' 하고 똑같이 말해서 아이가 따라 할 수 있도록 가르친다.

제5장

부부의 끈

어려운 결단을
내리기 전에

32개월~38개월

"다로는 고기능 자폐증입니다."

"고기능이라고요? 우리 애는 중등 지적장애라고 그랬는데 ……."

"ABA 치료 덕에 나중에 인지도가 높아져서 고기능으로 발전하는 아이들도 종종 있답니다. 다로는 24개월 때 진단받았는데, 부모님께서 절망하지 않고 잘 지도하신 것 같네요."

고기능이라도 대인 관계가 원활하지 않아 사회생활이 어려운 경우도 많다고 한다.

그래도 다로가 계속해서 지적장애를 벗어나고 있다는 사실이 기뻤다.

다로의 발작이 조금 수그러들기 시작할 무렵, 이미 늦었을 수도 있지만, 종양 적출 수술을 받기 위해 검사차 병원에 갔다.

그런데 의사 선생님이 뜻밖의 말을 꺼냈다.

"스기모토 씨, 수술은 일단 그만둡시다."

"네? 아니 왜요? 이미 늦은 건가요?"

"아니오, 그렇지 않습니다. 종양이 전보다 작아졌어요. 어쩌면 염증 같은 게 생겼다가 가라앉았는지도 모릅니다."

"선생님, 혹시 암이 세포분열 한 것은 아니겠지요?"

"전체적으로 깨끗하게 작아졌어요. 이대로 나을 수도 있으니 정기적으로 상태를 지켜봅시다."

그동안 이 문제로 얼마나 스트레스를 받아왔던가! 몇 달 동안 계속되던 고민에서 해방되자 주저앉고 싶을 정도로 피로감이 밀려왔다. 어쨌든 바로 수술할 필요가 없어 안심했다.

나의 수술 소동이 있고 나서 일주일이 지났다.

"혈액검사는 이상 없습니다. 다음은 머리 CT를 찍어보지 않으시겠습니까?"

다로의 정기 검진 날 의사가 이런 제안을 했다. CT는 약을 먹여 잠든 후에 찍는다고 한다.

다로가 힘들지 않을까 잠시 고민했지만, 사진은 사실을 있는 그대로 비춰줄 것이다. 혹시 모르니 한번 찍어보는 것도 나쁘지 않을 것 같았다.

이왕 힘들게 찍을 거라면 더 잘 나오게 찍고 싶어서 정보를 수집해 치바 현 밖에 있는 병원의 뇌신경외과에서 3D CT를 찍기로 했다.

"음 ……. 어느 사진이 좋을까? 아, 이걸로 합시다. 여기를 봐주세요. 두개골 단면 사진인데 앞쪽의 머리뼈가 울트라맨처럼 뾰족한 삼각형으로 되어 있는 게 보이십니까?"

검사 후 우리 부부는 진찰실에서 모니터에 떠 있는 사진을 뚫

어지게 바라보았다. 처음 보는 다로의 뇌 사진이다. 대추씨를 반으로 자른 것처럼 아주 조금 이마 부분이 뾰족하게 보였다.

"이것이 문제가 되나요?"

"이 사진으로 보면 정도는 심하지 않지만, 다로는 삼각두개(전두봉합유합증: 이마의 중심을 가로지르는 전두봉합은 정상인의 경우 생후 24개월에 유합된다. 전두봉합이 조기에 유합되면 전두부는 편평해지고 두정부는 튀어나와 이마가 삼각 모양을 이루는데, 이를 삼각두라 한다)가 있습니다. 원래 시기보다 빨리 전두골의 봉합이 닫혀버린 상태 같습니다."

"서, 설마 수술을 해야 하는 건 아니겠지요?"

"이 정도는 수술하지 않아도 특별한 문제 없이 어른이 되는 사람도 많습니다. 만약 수술을 한다면 뇌가 어른 크기가 되기 전에 서두르는 것이 좋습니다.

수술로 발달장애 아동의 산만함이나 공황 상태를 개선한 사례도 있지만 모든 아이에게 효과가 있다고는 할 수 없습니다. 수술이 자폐증 자체를 고치는 것은 아니니까요. 게다가 이 정도의 삼각두개는 수술 방법이 아직 확실하게 정해지지 않았습니다.

어떻게 하실지 충분히 의논하고 결정하시기 바랍니다. 지금 단계에서 다로가 수술을 받는다면 앞으로 같은 문제를 지닌 아

엄마라고 불러줘서 고마워

이들을 위한 실험 대상이 될 수도 있습니다. 만일 원하신다면 도쿄의 대학병원을 소개해드리지요. 뇌압을 한번 측정해보면 어떻겠습니까?"

다로는 32개월이 되었지만, 아직 정상적인 대화를 할 정도는 아니다. 어디까지 향상될지는 미지수라서 확신하기 어렵다. 그래도 수술로 발달장애의 몇 가지 증상이 개선된 사례가 있다는 얘기를 들으니 갑자기 한줄기 희망의 빛이 비친 것 같았다.

만일 이 수술로 굴절된 두개골을 펴서 뇌가 본래 공간을 되찾아 다로가 극적으로 좋아진다면 …….

나는 거기까지 상상하다가 정신이 번쩍 들었다.

어느새 수술을 받는 방향으로 마음이 기울고 있었기 때문이다. 냉정하게 판단해야 한다. 수술은 ABA와 달리 지극히 위험하다. ABA는 특별한 부작용이 없으니 망설이지 않고 시작했다. 게다가 지금의 다로에게 확실히 효과가 있었다. 끈기 있게 가르치면 다로 스스로 활용해나가는 것이 눈에 보인다. 목숨이 위태로운 병이라면 어쩔 수 없지만 내 아이에게 그런 고통스러운 수술을 시키고 싶지 않다.

두개골을 여는 것처럼 중요한 문제는 본인만이 결정할 수 있는 것이 아닐까? 아무리 부모라고 해도 우리가 결정할 수 있는 문제는 아닌 것 같다.

수술을 선택하지 않은 길, 수술을 선택한 길 …….

어느 쪽이 다로에게 더 큰 행복을 가져다줄까? 어느 쪽을 선택해도 잘 안 되면 다로도 우리도 후회하지 않을까?

나는 새롭게 떠오른 문제에 어떻게 대처하면 좋을지 알 수가 없었다.

삼각두개 진단을 받고 나서 남편은 어느 때보다 말수가 줄어들었고 나 역시 우울증이 심해졌다. 다로의 두뇌 뼈가 일찍 닫힌 것이 내 잘못일지도 모른다는 자책에서 벗어날 수가 없었다. 잠을 못 이루고 새벽녘까지 훌쩍훌쩍 우는 날이 계속되었다.

그때 B시 시청에서 내년에도 유치원을 계속 다닐지 여부를 묻는 편지가 왔다. 나는 가능하면 한 해 정도 더 친정집에 머무르고 싶었다.

"만일 지금 계시는 부모님 댁에서 B시의 집으로 돌아가면 환경이 바뀔 겁니다. 그러면 일시적으로 다로의 성장이 퇴보해서 잘하던 것도 못하게 될 수 있습니다."

의사 선생님에게 이런 말을 들은 다음부터 나는 B시로 돌아가는 것에 큰 불안을 느끼고 있었다. 여기서는 유치원이나 가족들의 협력이 원활하게 돌아간다. 내 건강도 불안한 상태인데 이런 최적의 환경을 포기하고 B시로 돌아가기가 두렵다.

"자기야, 이대로 A시에서 한 해만 더 있고 싶은데 ……."

남편이 우리가 돌아오기를 바라는 것은 너무나도 잘 알고 있다. 하지만 다로를 위해서라도 틀림없이 이해해주리라 생각했다. 그러나 내 예상은 빗나갔다. 남편은 마치 싸움이라도 걸 듯 평소와는 달리 냉정하게 대답했다.

"무슨 소리야. 이젠 집에 와야지. 여보, 당신은 출가외인이잖아. 거기가 우리 집이야?"

"왜 꼭 그런 식으로 말을 해? 환경을 바꾸었다가 혹시 다로의 상태가 퇴보할까 봐 이러는 거잖아. 자기는 걱정도 안 돼?"

"걱정이야 되지만, 그래도 언젠가는 돌아와야 하잖아."

서로 지금까지 쌓인 불만이 한꺼번에 폭발해서 심하게 말다툼을 하고 말았다. 나는 다로를 최우선으로 생각하지 않는 남편에게 몹시 화가 났다.

B시로 돌아가는 남편을 역까지 배웅하고 오신 어머니가 조용한 음성으로 나를 타이르셨다.

"다로를 위해 환경을 바꾸지 말았으면 하는 마음은 엄마도 마찬가지야. 하지만 너희들은 가족이잖니. 아범이 원래 솔직한 사

람인 건 누구보다 네가 제일 잘 알잖아? 그게 아범의 성실함이
자 장점이야. 아범과 진솔하게 대화를 나눠보면 네 생각도 정리
되지 않을까? 다음 주가 결혼기념일이지? 다로와 하나코를 봐
줄 테니 서로 잘 의논해보렴."

"고마워요, 엄마. 하지만 우리는 이제 한계에 온 것 같아요.
그 사람이 얼마나 심한 말을 했는데요."

"부부란 서로 무슨 말을 하면 상대방이 가장 상처받을지 제일
잘 알잖아. 한번 내뱉은 말을 도로 주워 담을 순 없지만 왜 상대
방이 그런 말까지 해야 했는지, 그 말 깊이 숨겨진 속마음도 모
르는 채 헤어져도 괜찮겠니?"

일주일 후 나는 남편을 만나려고 무거운 마음으로 전철을 탔
다. 최근 며칠 동안 꼭 연락해야 할 일이 있을 때만 메시지를
주고받았다. 마음속에는 그이에 대한 분노가 아직 남아 있어서
였다.

"왔어."

"응."

레스토랑 앞에서 무심코 남편의 왼손을 보니 약지에 결혼반지
를 끼고 있었다. 아니, 그렇게 싸우고도 반지를 끼고 있네 …….

남편은 요즘 반지 크기가 맞지 않아서 빠지지 않을까 봐 겁난다며 그냥 가방에 넣어 다니곤 했다. 어쩌면 그이도 자기가 너무 심한 말을 했다고 반성하고 있을까? 다툰 이후로 나도 결혼반지를 빼놓았는데 왠지 내 행동이 유치한 것 같아 코트를 맡기는 동안 살짝 핸드백에서 꺼내 얼른 꼈다.

자리에 앉자 남편이 가방에서 큼지막한 양초를 꺼냈다. 사 년 전 결혼식 때 썼던 양초다. 식당 주인에게 허락을 받고 불을 붙였다.

결혼식 때 모습이 뇌리를 스쳐 지나갔다. 건강할 때나 병들었을 때나 어떤 때라도 끝까지 사랑할 것을 맹세합니다 ……. 앞으로의 미래가 장밋빛일 것 같던 그때는 설마 내 아이가 장애아로 판정받을 것이라고는 상상도 하지 못했다.

앞으로 무슨 일이 있어도 서로 의논하고 이해하고 둘이서 함께 살아가겠다고 한 그날의 맹세는 진심이었다.

결혼 서약 때 쓴 양초의 은은한 불빛이 어색한 분위기를 부드럽게 해주는 것 같았다.

"매일 집에 와도 캄캄하고 아무도 없어. 따뜻한 저녁 밥상은 커녕 늘 혼자야 ……. 외로워서 견딜 수가 없어. 육아휴직 때는 매일 가족과 함께 있어서 느끼지 못했지만 나 혼자 집에 돌아온 후부터는 더 외로워졌어. 도대체 무엇을 위해 일을 하는지조차 모르겠어."

"자기는 항상 내가 말이 너무 많다고 혼자 있고 싶어 했잖아."

"그야 독신 때 얘기지. 가족이 있는데 갑자기 혼자가 되는 건 ……. 어쩔 수 없는 일이라고 생각하면서도 난 외롭다고 ……. 당신은 훌륭히 잘하고 있다고 생각해. 하지만 나 같은 건 안중에도 없는 것 같아. 그래서 지난번엔 나도 모르게 심한 말이 나오고 말았어. 더 이상 따로 살 수는 없잖아. 이제 집으로 돌아왔으면 좋겠어."

"사실 매일 아이들 키우고 다로를 가르치는 데 쫓기다 보니 외로운지 어떤지 생각할 시간조차 없어. 다로가 좋아지면 당신도 기뻐할 거라고 생각했어. 미안해."

자신의 감정을 잘 표현하지 않는 남편이라 더 가슴이 아팠다. 싸웠을 때 들었던 말 그대로 되갚아줄 거라고 벼르고 있었는데 …….

허구한 날 육아와 치료에 쫓겨 남편을 배려할 마음의 여유가 전혀 없었다. 당연히 그이도 이해해줄 것이라고 믿었다.

어떻게 하지?

내심 남편이 한 해 더 친정에서 지내도 된다고 말해주길 바랐

엄마라고 불러줘서 고마워

지만, 이제 한계라는 그이의 마음도 이해가 갔다. 지금 집으로 돌아가지 않으면 우리 부부 사이에 생긴 틈은 돌이킬 수 없을 만큼 벌어질 것이다.

남편은 나름대로 많이 노력했다. 직장에서 눈치를 보면서 육아 휴직도 받고, 주말이면 서먹서먹한 처가에서 보냈다. 두 아이의 육아, 치료 그리고 아내의 역할 모든 것을 다 잘하기는 어렵다.

나는 고민 끝에 울며 겨자 먹기로 지금 다니는 유치원을 3월 말에 그만두고, 4월부터 B시의 집으로 아이들을 데리고 가기로 했다.

"미카야, 유치원 마리코 선생님이 신경 쓰지 말라고는 했지만 오리 반에서 아직 기저귀를 못 뗀 건 다로뿐이라더라."

"그렇구나 ……. 하지만 다로는 아직 말도 잘 못하고, 기저귀를 떼는 건 무리잖아요? 36개월 정도까지는 괜찮을 것 같은데."

"그렇긴 하지. 그런데 엄마 경험으로는 날씨 따뜻할 때가 훈련시키기 편해. 겨울까지 시간이 걸려도 괜찮으니 슬슬 시작해 보자고."

어머니가 배변 훈련을 하자는 말을 꺼냈을 때, 다로는 29개월이 지나고 있었다.

어머니는 나와 오빠를 키운 경험을 바탕으로 훈련을 시작했다. 의욕이 넘치는 것 같았다.

나는 몸도 안 좋고, ABA 치료와 하나코를 돌보느라 여념이 없었다. 결국 배변 훈련은 어머니에게 협조를 구하고 전적으로 어머니의 방식을 따르기로 했다.

"응가."

어머니는 다로에게 그렇게 말하고 기저귀 속의 응가를 보여주는 일부터 시작했다.

다로는 흘깃 본 후에 바로 얼굴을 돌렸다. 매일매일 어머니는 다로가 응가를 하면 치우기 전에 다로에게 보여주었다.

"응가가 어떤 건지 다로에게 가르치는 거야. 바로 버리면 응가가 뭔지 다로가 모르잖아?"

실제로 응가를 보여주고 응가라고 이름을 붙이는 어머니의 아이디어에 맞추어서 나는 다로에게 몇 분짜리 짧은 배변 훈련용 DVD를 매일 보여주었다. 다로가 만화 내용을 얼마나 이해하는지 알 수 없지만 쉬나 응가는 화장실에서 하는 것이라는 생각이 조금이라도 들지 않을까 기대한 것이다.

다로는 새로운 물건이 방에 있으면 싫어할 때도 있어서 변기를 사서 일단 방 안에 두었다. 단, 바로 앉혀놓지 않았다. 첫날

엄마라고 불러줘서 고마워

은 방구석에 살짝 놔두었다가 조금씩 방 중앙으로 변기의 위치를 매일 조금씩 옮겨놓았다.

어느 날 방 한가운데 변기를 두었다. 그때까지 다로는 변기의 존재를 싫어하는 기색이 없었다. 그런 다음 거기에 앉는 연습을 시작했다. 다로는 다리를 벌리고 변기에 앉는 것이 싫은지 "꺄!" 하며 화를 내고 일 초 만에 일어났다.

어라. 어디선가 봤던 장면 같은데 …….

돌이켜보니 ABA 치료를 시작하려고 의자에 앉는 연습을 시킬 때와 똑같은 상황이 아닌가? 그래서 변기에 앉으면 좋아하는 DVD를 볼 수 있다는 것을 알려주기로 했다.

처음에는 변기에 앉는 것 자체를 싫어했지만 앉으면 DVD를 틀고 변기에서 일어나면 끄는 일을 반복했다. 그러자 DVD를 보고 싶어서인지 점점 앉기 시작했다. 물론 쉬야도 응가도 전혀 나오지 않고 그냥 변기에 앉기만 했으나, 가족들은 이것만 해도 발전이라 여겨 다로를 칭찬하고 서로 격려했다.

"응가 ……."

어느 날 저녁 식사 후 커튼 뒤에서 어슬렁거리던 다로가 드디어 작은 목소리로 말했다.

"오오, 응가가 나왔어?"

"어디, 한번 보자."

즉시 다로의 기저귀를 보니까 과연 응가가 있었다. 유치원 선생님들에게도 연락을 취해서 유치원에서도 배변 훈련을 하기로 했다.

배변 훈련을 시작한 지 두 달 정도 지나자 아침에 일어나 변기에 앉혀놓으면 "나왔다" 하고 말하게 되었다. 살펴보니 틀림없는 소변이었다. 배뇨 감각도 이제 아는 것 같았다.

그로부터 일주일이 지나고 다로가 유치원에서 처음으로 응가를 변기에서 보았다. 우연이었지만, 그 일을 계기로 조금씩 변기에서도 할 수 있게 되었다. 하지만 며칠 동안 계속 화장실에서 일을 못 보고 기저귀에 싸버리는 날도 있었다. 다시 기저귀로 돌아가는 건 아닌지 초조할 때도 있었지만 노력하다 보니 성공하는 날이 늘었다.

그러다가 크리스마스 직전에 더 이상 유아용 변기는 사용하지 않고 성인용 좌변기에 보조 변기 없이 앉는 훈련을 시작했다.

외출하면 일반 변기밖에 없으므로 밖에서 변을 볼 때는 그렇게 하는 것이 좋을 것 같았다.

다로는 처음 배운 것에 강하게 집착하는 경향이 있다. 보조 변기로 가르치면 늘 가지고 다녀야 할 게 뻔하다.

조금 어설퍼도, 발판도 없이 변기에 직접 올라가서 중심을 잡는 연습을 시켰다. 아동용 변기와 달리 다리가 땅에 안 닿자 좀처럼 응가를 보지 못했다. 힘을 줄 곳이 없어서 그런 것 같았다.

배변 훈련을 시작한 지 다섯 달 만에, 즉 34개월 무렵에 드디어 배변 훈련을 끝냈다. 서서 소변을 보는 화장실이나 쪼그려 앉아야 하는 화장실은 유치원에서 적극적으로 가르쳐주었기에 어떤 종류의 화장실도 사용할 수 있게 되었다. 그러자 외출도 한결 편해졌다.

2월이 되자 다로는 드디어 36개월이 되었다. 저녁 식사 후 큰 딸기를 얹은 케이크를 보고는 "우와, 빨리 먹고 싶다!" 하고 소리치며 눈동자를 빛낸다.

"해피 버스데이 투 유 ……."

남편이 음악을 틀자 발음은 서툴지만, 다로도 함께 열심히 따라 한다.

그 모습을 보고 있자니 작년에 한마디도 하지 못한 채 두 살 생일을 맞이했을 때의 심정과, 최근 일 년간 다로와 함께 고군분투해온 나날이 뇌리를 스치며 나도 모르게 울컥했다.

얼핏 편안해 보이는 다로의 말이나 행동 하나하나에도 그것을 익힐 때까지의 추억이 깃들어 있다.

나는 어쩌면 평생 다로의 장애를 받아들이지 못할지도 모른다. 그래도 다로가 살아가는 데 필요한 것을 가르치기 시작하고 열심히 다로의 특성을 파악하다 보니 나 자신을 원망하던 시간에서 해방되는 것 같다.

아직도 훈련 중이라서 서로 대화가 원활한 것은 아니다. 그러나 한마디도 하지 못했던 다로가 어느 정도 자신의 마음을 간단하게라도 표현할 수 있게 된 것은 마음껏 기뻐하고 싶다.

세 살 생일을 맞은 지 며칠 후, 다로는 A시의 치료 센터에서 다시 신판K식 발달검사를 받았다. 자세·운동이 DQ 97, 인지·적응이 DQ 79, 언어·사회가 DQ 95로 전체 DQ는 87이라는 결과가 나왔다.

반년 전에는 전체 DQ가 76이었고, 아슬아슬하게 경계선에 걸린 결과가 나왔었다. 당시 언어·사회 영역의 DQ는 60점대였다. 지난번과 비교해볼 때 이번에는 처음으로 언어 분야도 정상에 가까워졌다.

단, 인지·적응 검사가 낮게 나온 데는 이유가 있었다.

예를 들면, 다로는 선생님이 블록으로 집 모양을 낮게 쌓아도 그것을 있는 그대로 모방하지 않았다.

블록을 세 개 쌓고는 "다로의 집, 아파트, 높아요"라고 말한다.

선생님이 종이를 반으로 접으면 다로는 "다로 건 대추"라고 하면서 주어진 빨간 종이를 동그랗게 만들어 자랑스러운 듯이 선생님에게 내밀었다. 즉 선생님의 시범을 모방하기보다 독창적으로 뭔가를 만드는 일이 많았다. 그 결과 정답으로 계산되지 못하고 다른 분야보다 낮은 DQ 결과가 나왔다.

그러나 나는 그런 다로의 모습을 보며 '다로, 제법인데!' 하고 생각했다.

요즘은 연속해서 대화를 주고받는 연습으로 《쓰미키 BOOK》에 나와 있는 정보 교환형 응답 과제를 실천하는 중이다. 다로는 그것을 발달검사에서도 잘 활용했다.

요컨대 이런 식의 과제다.

눈앞의 바구니에 다양한 장난감을 넣어두고 내가 그 안에서 기차를 집어 들어 "이것은 기차"라며 책상 위에 놓고 달리게 하면 다로도 다른 장난감을 하나 집어서 "이것은 비행기" 하고 말하면서 날려 보였다.

서서히 말하는 정보를 늘려서 대화 내용을 발전시킨다.

"이것은 기차, 덜컥덜컥 천천히 달려요."

"이것은 비행기, 쓔웅쓔웅 빨리 날 수 있어요"라는 식으로 대화하는 것이다.

예전에 괴로운 표정으로 우리에게 진단 결과를 알려주었던 의사 선생님은 정답과 달라서 점수에는 반영되지 않지만, 매우 좋은 경향이라고 덧붙였다. 사물을 판단하는 능력이나 자신의 생각을 말하는 능력이 생겼다는 것이다.

선생님은 다로의 성장에 놀라면서 "다행이네요" 하고 몇 번이나 웃는 얼굴로 기뻐해주었다.

B시의 집으로 돌아갈 날이 하루하루 다가왔다. 다로가 이사로 인해 어떻게 변화할지는 미지수였다. 그렇게 생각하면 두려워서 견딜 수가 없었지만, 그 전에 할 일도 많았다.

발달검사 결과를 받고 조금 용기가 생겨 작년 가을부터 고민해오던 삼각두개 문제를 제대로 검토해보기로 했다.

대학병원에 제출할 소견서 두 통을 계속 가지고 있었는데, 문의해보니 뇌의 압력을 측정하는 일은 간단한 것이 아니라서 입원해야 한다고 했다. 꼭 그렇게까지 해야 하나 하고 차일피일 계속 미루어왔다.

다로가 장애 진단을 받은 이후 꾸준한 치료와 주위 사람들의 노력으로 많이 좋아진 상태였다. 다로 같은 아이를 상담할 만한 의사가 어디에 있을까 생각하다가 전에 강연을 들었던 소아신경전문의에게 진찰을 받으려고 예약했다.

이 선생님은 한 시간 동안 찬찬히 다로를 관찰하더니 상태가 가벼운 삼각두개는 수술이 필요 없다고 진단했다.

"저, 선생님. 지금 다로는 어떤 상태일까요?"

"다로는 고기능 자폐증입니다."

"고기능이라고요? 우리 애는 중등 지적장애라고 그랬는데
......."

"ABA 치료 덕에 나중에 인지도가 높아져서 고기능으로 발전하는 아이들도 종종 있답니다. 다로는 24개월 때 진단받았는데, 부모님께서 절망하지 않고 잘 지도하신 것 같네요."

고기능이라도 대인 관계가 원활하지 않아 사회생활이 어려운 경우도 많다고 한다. 그래도 다로가 계속해서 지적장애를 벗어나고 있다는 사실이 기뻤다.

그다음에는 도쿄에 소재한 대학병원의 소아뇌신경외과를 찾았다.

"사진을 보면 가벼운 삼각두개가 있네요. 하지만 눈도 잘 맞

추고 말도 하고 아이의 상태가 좋군요. 죄송하지만, 수술을 원하셔도 저희 병원에서는 해드릴 수 없습니다. 상태가 계속 좋아지는 아이를 수술하면 윤리적으로도 문제가 될 수 있습니다. 어머니가 지금까지 해오신 ABA 치료를 계속하셔서 아이가 더 많은 것을 할 수 있도록 지도해주세요. 혹시 음악을 좋아하면 음악치료를 시켜보는 것도 좋은 방법이고요."

의사 선생님은 단호했다.

"감사합니다."

나는 기쁘게 병원 문을 나섰다. 그렇다. 다로는 조금씩 좋아지고 있었다. 수술하지 않고 다시 꾸준히 치료에 힘써야지.

3월 31일 유치원 선생님들과 헤어지는 날이 왔다.

담임인 마리코 선생님과 유리 선생님이 현관까지 따라나왔다.

"어머니, 몸조심하시고요. 다로도 건강해라."

"마리코 선생님, 유리 선생님 정말 신세 많이 졌습니다. 두 분이 도와주시지 않았다면 지금의 다로는 없었을 겁니다. 이렇게 헤어져야 한다니 ……."

더 이상 말을 잊지 못한 채 나는 울먹이고 말았다.

선생님들의 눈가에도 눈물이 맺혔다.

지난 한 해 동안 모두가 힘을 합쳐 다로를 이끌어주고, 끊임없이 일어나는 문제들도 지혜를 모아 극복해왔는데 …….

유리 선생님이 무릎을 꿇고 다로와 눈을 맞추었다.

선생님들은 매일 헤어질 때 "안녕. 내일 또 만나. 터치" 하고 양손을 맞추어 하이파이브를 해주었다. 오늘도 그렇게 했다.

"안녕, 언젠가 또 만나자. 터치."

"선생님, 터치."

다로는 웃는 얼굴로 작은 손을 내밀어 터치했다.

감사합니다, 선생님들. 여러분을 만난 건 정말 행운이었어요. 평생 잊지 않을게요.

친정 부모님과 이별하는 것도 슬펐다.

"모두 몸조심해. 도대체 다로가 어찌 되려나 걱정했었는데 말을 할 수 있게 됐으니 정말 다행이야."

어머니는 그 말이 끝나자 목이 메었다.

"여보게, 힘들 때는 언제든 우리한테 의지해도 된다네."

아버지가 사위에게 말했다.

차가 친정집 마당을 지나 공원으로 나올 때까지 어머니는 계속 손을 흔들고 있었다.

아버지, 어머니 참 많은 일이 있었지요. 우리를 돌봐주셔서 정말 감사합니다.

엄마라고 불러줘서 고마워

• 배변 훈련하기

⇒ 아이가 응가를 하면 '응가' 하고 아이에게 말하고 기저귀 속의 응가를 치우기 전에 보여준다. 아이에게 몇 분짜리 배변 훈련용 DVD를 매일 보여준다.

⇒ 배변 훈련을 원활하게 진행하려면 아이가 변기에 익숙해지는 것이 좋다. 변기를 사서 일단 방 안에 둔다. 단, 아이를 변기에 바로 앉히지는 않는다. 첫날은 방구석에 살짝 놔두고, 매일 조금씩 방 가운데로 옮긴다. 어느 날 방 한가운데에 변기를 둔다. 그때까지 아이가 변기의 존재를 싫어하는 기색이 없으면, 변기에 앉는 연습을 시킨다. 아이가 변기에 앉는 것을 거부하면 보상을 제시한다. 예컨대, 변기에 앉으면 좋아하는 DVD를 볼 수 있다는 것을 알려준다. 변기에 앉으면 DVD를 틀고, 일어서면 끄는 일을 반복한다. 아이는 점차 변기에 대한 거부감을 없애고 배변 훈련에 적응할 수 있다.

제6장

아이와의
대화

날마다 새로운
과제를 찾아서

38개월~48개월

"말 꼬리는 엄청 길어서 걸으면 하늘하늘해져."
요새 다로는 그림 도감을 보면서 나에게 이렇게 말한다.
그냥 책상 위에서 그림 카드로 말이라는 동물의 특징을 암기에 가까운 상태로
이해할 때는 없던 일이다. 실제로 말을 보았기에 할 수 있는 말이었다.
감성이 늘어났다고 느낄 수는 없었지만, 확실히 표현력이 풍부해지기 시작했다.

"거기는 셔틀버스가 없어서 직접 데려다주고 데리고 와야 하니 보통 일이 아니겠어요."

아침에 아이들과 산책을 하다 보면 오랜만에 만난 같은 단지 사람들이 말을 걸었다. 지병이 있는 데다 체력도 부실한 나는 아이를 데려다주고 데려오는 일이 쉽지 않았지만 좋은 점도 있었다.

나는 웃는 낯으로 사람들을 대했지만, 그 사람들과 예전처럼 적극적으로 사귈 마음은 들지 않았다. 셔틀버스가 없으면 여기저기에서 오는 유치원 버스 도착 시간에 엄마들과 어울리지 않아도 되니 오히려 마음 편했다.

사전 면담 때 자세히 의논한 결과, 다로가 새로 다닐 유치원에서는 알림장을 통해 선생님들과 의사소통을 하기로 했다. 그래도 나는 매번 다로를 교실 안까지 데려다주었다. 선생님과 직접 정보 교환을 하거나 같은 반 아이들도 볼 수 있어서 집단생활에서 일어나는 문제를 파악하는 데 도움이 되었기 때문이다.

셔틀버스가 없어서 다 좋은 것은 아니었다. 새로 다니는 유치원이 기찻길 바로 옆에 있어서 기차를 무척 좋아하는 다로의 집착이 더 심해졌다.

보통 집에서 유치원까지 다로와 걸으면 십오 분 정도 걸린다. 하지만 유치원이 보이는 곳까지 오면 다로는 기차를 보려고 멈추어 서서 꼼짝도 하지 않았다. 아무리 그래도 하루 종일 기차만 쳐다볼 수는 없는 노릇이다. 매일 울고불고하는 다로를 선로에서 떼어내는 것은 이만저만 힘든 일이 아니었다.

기차는 몇 분 간격으로 오기 때문에 끝이 없다. 요즘 수 개념을 ABA 치료를 통해 가르치기 시작한 터라 기차를 언제까지 볼지 정하는 데 활용하기로 했다.

손가락을 가위 모양으로 두 개 세워서 다로에게 보여주고 기차가 지날 때마다 손가락을 오므린다. 이런 식으로 2, 1, 0 하고 세서 손이 바위 모양(제로)이 되면 "출발!" 하고 말한다.

엄마라고 불러줘서 고마워

말을 안 들어 애먹을 때도 있지만, 신기하게도 손가락으로 세다가 제로가 되면 유치원에 가야 한다는 것을 아는 듯했다.

다로의 새 유치원 반에는 아이들 스물아홉 명에 담임선생님이 두 명이다. 반 친구들에게 장애가 있다는 사실을 알리지 않았지만, 치료수첩을 가진 다로에게는 추가로 선생님 한 명이 더 배정되었다.

안 그래도 선생님 수는 전에 다니던 유치원과 변함이 없는데 아이들 수는 두 곱절 이상 늘어난 환경에 불안을 느끼던 차에 B시에서 선생님을 추가로 보내준 것에 정말 감사했다.

5월이 되었다.

이사하고 유치원도 옮기면 다로의 성장이 퇴보하진 않을까 내심 우려했지만, 다행히도 그런 일은 일어나지 않았다. 신학기가 시작된 지 벌써 한 달이 지났다. 어느덧 골든 위크가 끝날 무렵이었는데 지난달과는 달리 다로에게 큰 변화가 일어났다. 서로 대화가 가능해진 것이다.

대화를 주고받기 시작하자 나는 다로의 반 친구들이 그렇듯이 더 자연스러운 대화를 하고 싶다는 욕심이 생겼다. 보통 아이들은 24개월 무렵부터 자연스럽게 대화를 나눈다고 하는데, 다로는 아직 말을 할 때 조사를 빠뜨리는 경우가 많았다.

그림 카드를 자주 보여주며 조사가 들어가는 문장을 말하고 기억하게 하려고 했지만 통째로 암기할 뿐 스스로 이해하는 것 같지는 않았다. 그래서 이번에는 다로가 잘 아는 글자를 가지고 가르쳐보기로 했다.

A4 크기의 종이에 조사가 들어가는 여러 예문을 적었다. 한 문장을 한 줄에 길게 쓰는 것이 아니라 짧고 읽기 쉽게 세 줄로 나누었다.

엄마□

사과□

먹고 있다

이렇게 예문을 적는다.

빈칸과 같은 사이즈로 '가', '를', '에', '은', '는', '이' 등의 조사 카드를 한 장씩 만들어 빈칸에 넣을 수 있게 준비한다.

처음에는 다로의 손을 잡고 빈칸 위에 정답 카드를 함께 올려 놓았다. 문장이 완성되면 다시 한 번 다로에게 처음부터 문장을 읽게 한다. 조사 카드는 여러 가지 색을 사용해 눈에 띄게 하여

엄마라고 불러줘서 고마워

다로의 시선을 끌었다.

정답을 맞힐 때마다 칭찬해주니 다로는 좋아서 눈을 반짝이며 말했다.

"더 할래."

뭔가를 배운다기보다 재미있게 게임을 하는 듯했다.

예전에 다로가 글자에 흥미를 보이기 시작해서 ABA 치료 틈틈이 글자도 가르쳤다. 다로는 모든 글자를 바로 이해했지만, 아직 사람과 대화를 나누지는 못했다. 발달 순서가 완전히 뒤바뀐 셈이다.

하지만 글자는 다로에게 지금까지 귀로 듣기만 하고 눈에는 보이지 않았던 말을 시각적으로 보여주는 강력한 무기가 되었다.

예를 들면, 다로는 '리'와 '기'를 같이 발음했는데, 글자를 보면서 내 발음을 들으면 '아, 이 소리는 서로 다른 것이었구나!' 하고 이해하는 것 같았다. 또 '포도'를 '포두', '도시락'을 '도시낙'이라고 하곤 했는데 글자를 익혀서 읽게 하면 정확한 발음을 이해했다.

글자를 사용해서 특별히 조사를 신경 쓰게 하는 연습이 성과를 보이기 시작하자 다로는 서서히 조사를 넣어 말하기 시작했다. 물론 틀릴 때도 종종 있었다.

가령 이전에는 다로가 "아빠, 목욕이 하셔?"처럼 잘못 말해도 뜻이 통하므로 그냥 두었지만 이젠 고치기로 했다.

단 '아니야', '틀렸어'라며 지적하지 않고 대신 "아빠 목욕을 하셔?" 하고 올바른 조사가 들어간 문장을 보여주고 바로 따라 하게 했다.

잘했을 때는 처음부터 다로 혼자 말했다는 듯이 "'목욕을'이라고 말할 수 있구나, 대단해" 하고 어떤 점을 잘했는지 구체적으로 칭찬해주었다.

다로에게 일어난 또 하나의 변화는 바로 자아가 싹트기 시작한 것이다. 다로가 구두를 신느라 애쓰고 있어서 조금 도와주려고 다가가면 "엄마 저리 가 있어, 다로가"를 연발한다.

'다로가'라고 말할 때마다 '내가 할 거야'로 바꾸어주고 따라 하게 하자 "내가 할 거야. 엄마는 저리 가 있어"라고 말했다.

심지어 ABA 치료 때 내가 입 모양을 만들어 정답 힌트를 주려고 하는 것조차 "엄마는 말하지 마, 내가 할 거야" 하고 거부했다.

ABA로 지도하면 무조건 따라만 하는 것은 아닐까 걱정도 했는데 다로는 그런 걱정을 한 방에 날려주듯 자신의 의사를 정확

엄마라고 불러줘서 고마워

하게 표시하곤 했다.

이젠 아침에 옷 갈아입는 것조차 도움을 받기 싫어했다.

옷을 들고 "엄마 오지 마!" 하고 말하면서 다른 방에 들어가 쾅하고 문을 닫았다.

"우우우 ……. 우아앙, 못 하겠어."

잠시 후 큰 울음소리가 들려 살짝 들여다보면 "엄마 저리 가 있어" 하고 다시 문을 쾅 닫는다. 이윽고 소매는 뒤죽박죽 올라 간 상태로 입고는 "내가 했어" 하고 기쁜 듯이 말한다.

"대단해, 다로. 혼자서 옷을 갈아입었구나."

"나는 오빠잖아."

언제부터인가 다로 안에서 엄마가 도와주지 않아도 스스로 할 수 있다는 자부심이 자라고 있었다.

새 유치원 생활도 안정되었을 무렵, 반 학부모회가 열렸다.

그런데 담임선생님이 "그러면 지금부터 아이들의 장점을 자 랑하는 어머니들의 자기소개 시간을 갖겠습니다" 하고 말하는 게 아닌가. 나는 그만 깜짝 놀랐다. 모두 어떤 말을 할까?

"요즘에는 집안일을 도와준답니다."

"다른 사람의 마음을 배려할 줄 알아요."

"일이 바쁜 때는 말을 걸지 않는 배려심이 있어요. 덕분에 매일 열심히 일합니다."

"동생을 돌봐주곤 해서 흐뭇합니다."

나는 미소를 짓고 있었지만, 내심 초조했다. 다른 아이들이 항상 착하지는 않을 것이다. 유치원에서 장난감을 둘러싸고 자주 쟁탈전이 벌어진다는 사실은 익히 들어서 알고 있다.

하지만 마음속으로는 나이에 걸맞는 배려심이 생겼다니 ……하며 다른 아이들의 성장에 충격을 받았다.

부러웠다. 다른 아이들은 굳이 훈련을 시키지 않아도 말뿐 아니라 마음도 쑥쑥 자라고 있었다.

"우리 아이는 기억력이 좋습니다."

간단히 발표를 마치고 자리에 앉으면서 최근 생긴 일을 머릿속에 되뇌어보았다. 다로에게도 남을 배려하는 마음이 자라고 있을까?

그리고 보니 아주 속상한 일이 있었다.

출산 후 몸은 많이 회복되었지만, 자궁내막증이 재발해서 한 달 가까이 심한 통증에 시달리는 생활이 이어졌다.

언젠가 몸이 안 좋아 일어나지 못하고 '아파, 아파' 하면서 누워만 있었다. 하지만 다로는 태연히 테이블 위에 기차를 늘어놓고 혼자서 놀았다.

상대방의 상황에 공감하고 배려해줄 수 있다면 얼마나 좋을까?

자폐스펙트럼에 있는 다로에게는 무리인지도 모른다. 하지만 아직 어리니 포기하지 않고 노력하면 어떻게든 그런 따뜻한 마음을 길러줄 수 있지 않을까?

"감정에 관한 말을 많이 가르쳐주는 것이 좋습니다."

학부모회에서 좌절했던 심정을 의논하자 쓰미키 모임의 선배 엄마가 조언해준 말이다. 그 말을 들으니 침울했던 마음이 다소나마 밝아졌다.

그렇다. 최근 한 해 동안은 무조건 말을 많이 할 수 있게 하고자 노력했다. 책상 위에서 공부만 하는 방법으로는 배려심을 기를 수 없다.

익숙한 방법을 바꾸는 것이 두려웠지만, 나는 적극적으로 다로의 마음 씀씀이도 길러줘야겠다고 결심했다. 이 기회에 외출도 자제하고 집과 유치원을 오가며 오로지 치료에만 열중하던 지금까지의 방식을 조금 바꿔 보기로 했다.

감정에 관한 말을 가르치려면, 다로가 실제로 많은 경험을 해

엄마라고 불러줘서 고마워

보고 다양한 감정을 느끼게 해줘야 한다는 조언을 받아들이기로 한 것이다.

ABA 치료 시간이 줄어드는 것이 걱정되었지만 실제로 말을 보여주기도 하고 말을 타려고 목장에도 갔다. 또 산에도 오르는 등 다양한 체험을 통해 그때가 아니면 가르칠 수 없는 말을 다로에게 가르쳐보기로 했다.

그리고 또 한 가지.

다로를 위해 나 자신이 쌓은 벽부터 허물기로 했다. 나는 다로가 장애 진단을 받은 다음부터 어머니 모임을 피해왔다. 하지만 다시 마음의 문을 열어 다른 아이들을 집에 부르기도 하고, 소풍도 가는 등 다로가 친구들과 많은 경험을 함께할 수 있게 했다.

"말 꼬리는 엄청 길어서 걸으면 하늘하늘해져."

요새 다로는 그림 도감을 보면서 나에게 이렇게 말한다.

이는 그냥 책상 위에서 그림 카드를 가지고 말이라는 동물의 특징을 암기에 가까운 상태로 이해할 때는 없던 일이다. 실제로 말을 보았기에 할 수 있는 말이었다.

감성이 늘어났다고 느낄 수는 없었지만, 확실히 표현력이 풍부해지기 시작했다.

나는 유치원을 옮기고 나서도 전에 다니던 유치원과 마찬가지로 가능한 한 일찍 집을 나섰다. 담임선생님이 출근하는 아홉 시까지 나도 교실에 머물면서 다로가 다른 아이들과 함께 놀이에 동참할 수 있도록 도와주었다.

그 과정에서 그날의 과제를 찾아 매일 유치원을 나오자마자 잊지 않도록 바로 메모를 해둔다.

유치원에서 생활하는 모습을 보니 당장 도전해보고 싶은 과제가 늘었다. 그래서 《쓰미키 BOOK》의 과제를 줄이고, 실생활에 맞게끔 다로의 능력을 향상시키기 시작했다.

그중에서 몇 가지를 구체적으로 적어보겠다.

'비켜'에 대한 대처

새 유치원은 한 반당 인원이 많아서 긴 책상 하나에 의자를 두 개씩 놓고 둘이 같이 앉는다. 옆자리에 남자아이가 의자를 가져왔건만, 다로는 개의치 않고 책상 한가운데에 의자를 놓고 앉아 있었다.

친구가 "비켜!"라고 말을 해도 반응이 없었다. 아마 친구의 말을 이해하지 못했을 것이다. 친구가 점점 화를 내기 시작했다.

"왜 안 비키는 거야?"

이 모습을 보니 뭔가 대책을 세워야 할 것 같았다. 나는 집에서 ABA 치료할 때 의자와 책상을 이용해서 연습시키기로 했다. 다로를 앉힌 다음, 등 뒤에서 내가 "비켜!" 하고 말하면 다로가 의자를 이동하도록 유도했다. 이렇게 몇 번 연습하자 다로는 친구가 자신에게 하는 말을 이해하게 되어 아침에 자리에 앉을 때도 별 문제가 발생하지 않았다.

'당했다'는 말

한창 그럴 나이라서 그런지 세 살, 네 살 반에서는 장난감 쟁탈전이 여기저기서 벌어졌다. 가끔가다 심한 주먹다짐으로 발전하기도 했다. 다로는 몸집이 작아서 되받아치지 못하고 장난감을 빼앗기면 그냥 울기만 한다. 선생님이 싸운 아이들을 불러이유를 물어봐도 수동태를 완벽하게 구사하지 못하는 다로는제대로 대답하지 못했다.

어떨 때는 "모자, 뺏다(사실 친구가 다로의 모자를 뺏었기 때문에 '뺏겼다'가 맞는 표현)"라고 말하면서 울었다.

어떻게든 수동태를 빨리 가르치고 싶어 안달이 난 나에게 쓰미키 모임의 선배 엄마가 조언해주었다.

"수동형은 어려우니 일단 지금은 '당했다'고 말할 수 있으면되지 않을까요?"

그래서 '당했다'는 말을 연습시키기 위해 다로와 전쟁놀이를 했다. 손으로 권총 모양을 만들어 "빵" 하고 상대방을 쏜다. 총에 맞은 사람은 그 부분을 손으로 누르고 "당했다!"라고 말하면서 쾅 넘어지는 것이다. 이것을 역할 바꿔가며 해보았다.

다로는 나의 과장된 연기가 재미있었는지 몇 번이고 전쟁놀이를 하자고 졸랐다.

과연 다른 상황에서도 '당했다'고 말할 수 있을지 궁금해하던 어느 날, 다로 입에서 그 말이 튀어나왔다.

저녁 식사 때 하나코가 기침을 하다가 다로의 얼굴에 죽을 토하고 말았다. 순간 다로가 놀라 죽 범벅이 된 얼굴을 손바닥으로 닦으면서 "당했다. 하나코, 푸했다" 하고 얼굴을 찡그리면서 말하는 것이 아닌가.

남에게 도움을 요청하는 말

유치원 공작 수업을 지켜본 이후 다로가 빨리 도움을 요청할 수 있었으면 하는 마음이 간절해졌다. 다른 아이들은 모르는 것이나 잘 안 되는 것이 있으면 "어떻게 하면 돼?", "선생님, 여기", "모르겠어", "도와줘요"라고 수시로 도움을 요청한다.

하지만 다로는 풀 뚜껑을 열지 못해서 혼자서 고군분투했다.

엄마라고 불러줘서 고마워

얼굴을 시뻘겋게 붉히고 폭발 직전이 되어도 남에게 도움을 요청하는 말을 몰라서 선생님의 주의를 끌 수 없었다.

일단은 '어떻게 하면 돼?'라는 말을 목표로 가르치기로 했다.

예전에 '열어줘'를 가르칠 때와 같은 방법을 썼다. 다로가 쉽게 열지 못하는 밀폐 용기를 준비하고 그 안에 다로가 아주 좋아하는 작은 자동차 장난감을 넣어둔다.

뚜껑을 닫기 전에 다로에게 안을 보여준 다음, 재빨리 뚜껑을 닫아 용기째 건네준다. 열려고 우우 하며 소리치는 순간 "어떻게 하면 돼?" 하고 내가 시범을 보인 후 따라 하게 한다. 잘 따라 하면 바로 손을 포개서 열어준다.

장난감 비행기를 가지고 놀 때도 다로가 혼자서 차바퀴를 꺼내지 못해 곤란해하면, "어떻게 하면 돼?" 하고 시범을 보이며 따라 하게 했다.

두 주 정도 지나자 담임선생님이 훈련이 효과가 있다고 알려왔다. 유치원 화장실은 물 내리는 스위치가 뻑뻑해서 잘 안 내려가는데 평소에는 화를 내며 울더니 이번에는 도움을 요청하더라는 것이다.

"다로가 '어떻게 하면 돼? 해줘'라고 스스로 말하지 뭐예요? 나날이 더 발전하는 것 같아요."

'왜?'라는 말

유치원 아이들은 내가 교실에 들어가면 적극적으로 말을 걸어
온다.

"얘는 왜 모자를 썼어요?"

"왜 오늘은 빨리 데리러 왔어요?"

반면 다로는 '이거 뭐야?' 정도만 스스로 질문할 수 있을 뿐 한
번도 스스로 '왜'라고 질문한 적이 없다. 그래서 ABA 치료의 과
제에 넣었다.

그림책 등을 보여주며 "이 아이는 울고 있단다"라고 말하고
"왜?" 하고 시범을 보여주며 따라 하게 했다. 하지만 다로는 그
림에 마음을 빼앗겨 집중하지 못하는 것 같았다.

그래서 방법을 좀 더 간단하게 바꾸기로 했다. 소꿉장난을 좋
아하는 다로의 눈앞에서 장난감 케이크를 먹는 척한다.

그런 다음 내가 케이크를 등 뒤로 숨기고 "케이크가 없어졌
다" 하고는 다로에게 "왜?"라고 말하게 했다.

그렇게 하면 나는 "다 먹었으니까"라고 웃으면서 대답했다.

다로는 이 놀이가 재미있는지 케이크를 먹다가 숨기는 역할
도 하고 싶어 했다. 우리는 역할을 서로 바꾸어가며 재미있게
놀았다.

엄마라고 불러줘서 고마워

열흘 정도 계속하자 다로가 대화하다가 드디어 '왜?'를 말하기 시작했다. '○○이니까'라고 이유를 덧붙이는 연습을 해서 그런지, 평소에도 "뜨거워서 안 먹을래" 하는 식으로 자발적으로 이유까지 말하기 시작했다.

'혹시'와 '정답' 놀이

어느 날 아이들의 간식 시간을 견학했다. 아이들은 쿠키를 조금씩 아껴 먹으면서 한입 먹을 때마다 변해가는 쿠키의 모양을 동물 모양과 비교하면서 놀곤 했다.

"혹시 그거 사자 아니야?" 남자아이가 여자아이에게 물었다.

"정답!" 하고 여자아이는 기쁜 듯이 대답했다.

'혹시'도 '정답'도 다로가 써본 적이 없는 말이다. 꼭 이 말을 가르쳐서 다로도 다른 아이들과 즐거운 퀴즈 게임을 할 수 있게 해주고 싶었다.

그래서 집에서 해보기로 했다. 안이 비치지 않을 만큼 얇은 천으로 만든 주머니를 준비한다. 그 안에 컵, 가위(가위에 다치지 않도록 날 부분을 테이프로 감았다), 소꿉장난용 찻잔, 바나나 등 모양이 특이한 물건을 넣는다. 주머니를 닫고 다로에게 만지게 한 다음 그 안에 무엇이 있는지 알아맞히게 한다.

처음에는 "바나나"라고 말했는데,

"혹시 …… 이것은 바나나?" 하고 내가 '혹시'를 넣은 문장으로 시범을 보였다.

그리고 다로가 답을 맞히면 "정답!"이라고 말하면서 주머니에서 얼른 그 물건을 보여주었다.

그렇게 문제를 내는 역할과 답을 맞히는 역할을 바꾸어가면서 반복해서 놀았다.

'아직'이라는 말

투명 플라스틱 컵을 하나 준비한다. 책상 위에 접시 같은 얇은 용기를 놓고 그 위에 컵을 둔다. 앉아 있는 다로의 눈앞에서 물을 컵에 붓고 넘치게 한 후 "넘쳤다"라고 말하면서 시범을 보인 다음 따라 하게 한다.

다로는 물이 표면장력 상태에서 흘러넘치는 것에 흥미를 느끼고 뚫어지게 쳐다본다.

내가 "어떻게 되었어?" 하고 물었을 때, "넘쳤어"라고 스스로 말할 수 있게 되면 진짜 과제로 들어간다.

또 물을 빈 컵에 붓다가 넘치기 전에 손을 멈추고 "어때, 넘쳤어?" 하고 묻고, "아직"이라고 말하게 하는 것이다.

조금씩 따르면서 마찬가지로 질문하고 대답하는 방식을 계속한다.

'아직'을 익히면 물을 다 붓고 넘쳤을 때 "이제 넘쳤어" 하고 말하게 한다. 점점 일상생활에서도 "이제 잘까?", "아직 밥 안 먹었어?" 하는 식으로 다양하게 사용해서 익숙해지게 했다.

자전거 타기

유치원 자유선택활동 시간에 가끔 삼륜차를 탈 때가 있는데 다로는 아직 페달을 밟지 못했다. 할머니, 할아버지가 어린이용 자전거를 사주었지만 아무리 애써도 앞으로 굴리지 못하고 헛발질만 계속 했다. 내가 허벅지를 잡고 이렇게 다리를 위아래로 움직이라고 하자 다로도 나를 따라 핸들에서 손을 떼고 자신의 허벅지를 눌렀다.

쓰미키 정기 모임에서 동작 모방으로 문제 행동에 대처했던 사례가 떠올라서 자전거 타기 연습에도 동작 모방을 활용할 수 있는지 시도해보았다.

다로와 같은 방향으로 서서 "이렇게 해"라고 말하면서 자전거는 타지 않고 페달을 밟는 흉내만 내게 했다. 그야말로 공기 자전거라고나 할까. 마치 페달을 밟는 것처럼 허벅지를 조금 높이 올려 크게 앞으로 한 발 한 발 내딛는다. 이렇게 발의 움직임을 연습하고 나서 다시 자전거를 태우자 드디어 페달을 밟으면서 앞으로 조금씩 나갔다.

'수리'와 '체크'

어느 날 아침 유치원 교실에 들어서자 남자아이가 블록으로 만든 비행기를 나에게 보여주려고 다가왔다.

"이것 좀 보세요. 내가 이거 만들었어요."

그런데 그때 날개 부분이 톡 하고 떨어져 버렸다.

"아아 ……. 아까 체크했을 때는 괜찮았었는데 수리해야지."

수리와 체크 ……. 도대체 다른 아이들은 언제 이런 어려운 말을 배웠을까? 같은 반 친구들이 쓰는 말을 다로에게도 가르쳐주고 싶어서 이 또한 ABA 치료에서 다루기로 했다.

어떻게 가르칠지 잠시 생각하다가 유성 펜으로 스케치북 가득 구불구불 구부러진 길과 함께 몇 군데 금이 간 것을 그렸다.

그리고 금이 간 곳을 찢어두었다. 그 상태에서 "체크해!"라고 다로에게 말하고 손을 포개서 찢어진 곳에 빨간 펜으로 동그라미를 치게 했다.

그런 다음 "수리해" 하고 말하면서 셀로판테이프로 금 간 곳을 붙여서 수리하는 것을 도와주었다. 그리고 길이 완성되면 상으로 다로가 좋아하는 미니카를 몇 개 골라서 그 길 위를 달리게 해주었다.

다른 사람의 시선 쫓기

ABA 치료 초기에 눈을 맞추는 훈련을 했기 때문에 사람이 말할 때 주목하는 것은 전보다 많이 좋아졌다. 그래도 다로는 여전히 주의가 산만했다. 특히 공작 시간에 모두가 칠판을 보고 있는데 혼자서 종이접기에 정신이 팔려 있곤 했다.

그래서 사람의 시선을 쫓는 훈련을 하고자 한 가지 과제를 고안해냈다.

책상 위에 크기가 똑같은 상자 두 개를 놓고 한쪽에만 장난감 자동차 등을 넣어둔다. 다로와 책상을 사이에 두고 마주 앉는다. 소리로는 전혀 지시를 하지 않고 정면을 본 채 눈만 움직여서 다로에게 어느 쪽 상자에 장난감이 들어 있는지 힌트를 준다.

물론 처음에는 '촉구'가 필요하지만, 점점 도와주는 횟수를 줄여간다. 다로는 방식을 터득하더니 이 놀이를 매우 즐거워했다.

책상에서 잘할 수 있게 되면 조금씩 방 어딘가에 숨기고 거리를 점점 멀리하면서 시선만으로 힌트를 주어서 다로가 찾을 수 있게 한다. 그러자 다로는 차츰 자신의 눈앞에 뭐가 있는지 흥미를 느끼기 시작했다. 실내에서 잘하게 되자 유치원에 데려다주고 데리고 오는 길에도 무언으로 시선을 어딘가에 두고는 내가 무엇을 보고 있는지 다로가 내 시선이 향한 곳을 쫓아올 수 있게 유도했다.

아이에게 어떤 능력이 부족한지, 어떤 상황이 문제가 될 수 있는지 알려면 실제로 집단생활을 견학하는 것이 꼭 필요하다. 나는 다로에게 모르는 말이나 능력을 가르칠 때마다 어떻게 가르치면 다로가 알기 쉽게 지도할 수 있을까 생각하는 버릇이 생겼다. 마치 연상 게임을 하듯이 말이다.

다로는 일반화 속도도 점점 빨라져서 요즘에는 ABA 치료에 보람을 더 많이 느끼고 있다.

이렇듯 다로는 조금씩 성장하고 있다. 하지만 그 때문에 희생한 것은 없었느냐고 묻는다면 뭐라고 대답할 수 있을까? 우울증 탓인지 동시에 여러 가지 일에 신경을 쓸 수 없었다. 취미 생활도 거의 하지 않고 책이라고는 발달장애 관련 서적만 읽었다. 작년 가을에는 남편과 크게 다투고서 내가 다로에게만 신경 쓰

엄마라고 불러줘서 고마워

고 있다는 사실을 깨달았다.

그래도 여전히 어떻게 하면 다로가 더 좋아질 수 있을까 그것만 생각했다.

5월 말 병원에서 하나코의 11개월차 검진을 받았다.

"개인차는 있지만 몸을 뒤집지도 못하고 기어가거나 잡고 일어서기를 하지 못해서 걱정입니다. 돌이 지나면 다시 한 번 와주십시오."

재검진이라고? 그러고 보니 다로는 생후 다섯 달 만에 뒤집을 수 있었다. 하나코는 한 달 후면 돌인데도 잡고 일어서기는커녕 뒤집지도 못했다. 왜 나는 의사 선생님이 말하기 전에 하나코가 움직이지 못한다는 것을 깨닫지 못했을까.

하나코를 안고 울면서 집으로 돌아왔다.

미안해, 하나코. 너는 아홉 달째에 벌써 '주세요'를 알아들었고 모든 것이 순조롭다고 생각했었어.

"어린 동생이 있는데 어떻게 큰아이와 ABA 치료를 하실 수 있습니까?" 하고 같은 ABA 치료를 하는 엄마들이 물어올 때가 있었다.

"딸아이를 봐줄 사람이 없을 때는 바로 옆에서 놀게 하고 큰애와 ABA 치료를 하고 있어요." 하고 대답했었다. 다로를 향상시키는 데 온 정신이 쏠려 하나코의 신체 발달이 늦는지도 몰랐다.

하나코는 내가 앉히면 앉혀놓은 대로 엎어놓으면 엎어놓은 대로 가만히 있었다. 스스로 움직이지 못해서 ABA 치료를 방해하는 일이 없었던 것이다.

돌이 지나도 하나코의 신체 발달에는 변화가 없어 보였다. 결국 재검진에서 '양성 영아 근긴장저하증'이라는 판정을 받았다. 근육의 긴장을 관장하는 신경이 아직 발달하지 못해 몸에 힘이 들어가지 않고 흐물흐물해지는 증상이라고 한다.

다행히도 하나코는 상반신이 정상이므로 발끝까지 신경이 발달한다면 늦어도 24개월이 지날 때까지는 걸을 수 있다고 했다. 하지만 불안해서 견딜 수가 없었다. 나는 다시 불면증에 걸렸다. 행여 하나코에게 뭔가 장애가 있으면 어쩌나 ······.

4월부터는 다로가 여기저기 학원에 다니기 시작해 평일에는 다로의 치료 시간이 한 시간 반 정도로 줄었다. 그래도 다로의 치료 시간을 더 줄여서 하루 삼십 분은 하나코만을 위해 시간을 할애하기로 했다.

그동안 다로는 문을 열어두고 옆방에서 자유롭게 놀게 두었다. 요즘 다로는 그림책을 보거나 장난감을 가지고 노는 등 한

참 동안 혼자서 놀 수 있는 능력이 생겨서 전보다 분노발작을 부리거나 자기자극에 빠질 우려가 줄었다.

하나코가 혼자 서기까지는 앞으로도 시간이 오래 걸릴 것이다. 조금이라도 스스로 움직이는 게 좋을 것 같아 기어가는 연습을 시키기로 했다. 하나코는 누워 있다가 엎드리는 것을 매우 싫어한다. 엎드리면 갑자기 세상이 뒤집혀 보여서 무서운 것일까?

몸을 조금이라도 옆으로 넘어뜨리는 연습부터 시작했다.

"잘하네."

한껏 칭찬해주면 기쁜 듯이 손뼉을 짝짝 친다. 막 돌이 지난 하나코는 아직 말은 못했지만, 자신이 칭찬받는다는 사실을 알고 기뻐했다.

엎드려 있는 연습을 매일 조금씩 늘렸다. 겨우 엎드릴 수 있게 되자 손을 뻗으면 닿을 만한 곳에 하나코가 좋아하는, 방울이 든 공을 놔두었다. 손을 뻗으면 조금 멀리 있는 것도 잡을 수 있는 경험을 통해 자신감을 심어주었다. 그리고 조금씩 공을 멀리 두었다.

어느 날 엎드려 있는 하나코의 눈앞에 돌고래 장난감을 놔두었다. 하나코는 그것을 무척 갖고 싶어 했다. 정상적으로 힘을 쓸 수 있는 상반신을 이용해 팔을 쭉 뻗더니 바닥에 닿을 정도로 머리를 좌우로 흔들며 그 반동으로 조금 앞으로 나아갔다.

"해냈네, 하나코. 대단한데. 잘했어."

하나코는 돌고래 장난감을 집으면서 기쁜 듯이 고개를 들어 나를 올려다보았다.

ABA 테크닉은 하나코를 기르는 데도 도움이 되었다. 하나코는 조금씩 움직이면서 세상을 넓혀나갔다. 머리를 흔들면서 그 반동으로 기어 내 무릎에 올라오기도 했다.

다로와 하는 일대일 ABA 치료는 전보다 훨씬 힘들어졌지만 이대로 하나코를 방치할 수는 없었다. 우리 집에는 아이가 둘이다. 둘에게 똑같이 시간을 할애하는 것은 어렵지만, 더욱 애정을 쏟으려 노력해야지.

나는 책상을 두 개 사서 다로의 ABA 치료 시간 동안 하나코에게도 뭔가를 시켜서 조금이라도 하나코를 돌보는 시간을 늘리기로 했다.

다로가 진단을 받은 후 일 년하고 여덟 달쯤 지났다. 아이들도 성장하고 있지만 남편도 많이 변한 듯하다. 전에는 다로의 교육에 모든 것을 건 나와 몇 번이나 부딪쳤지만 요즘에는 잘 협조해

엄마라고 불러줘서 고마워

준다.

내가 ABA 치료를 하는 동안 남편이 집안일을 하거나 하나코를 봐주고, 남편이 아이들과 놀 때는 내가 집안일을 하는 식으로 자연스럽게 역할 분담이 이루어졌다.

남편은 집에 오자마자 삼십 분 정도는 두 아이와 온몸으로 놀아준다. 그것은 남편밖에 해줄 수 없는 놀이다. 아이들은 항상 즐거워했다. 그래서 그런지 다로는 남편의 귀가를 손꼽아 기다리는 것 같았다.

초인종이 울리면 "와! 아빠 어서 와요" 외치며 달려나간다. 그 모습에서 생기가 넘친다. 이런 평화로운 날들이 계속되었으면 좋겠다. 마음속으로 그렇게 빌지만 안심하기에는 아직 일렀다.

가을이 끝날 무렵부터 다로는 돌발적인 문제 행동을 일으켜서 다시 나를 괴롭혔다.

"와, 끌어안고 있네."

"보기 좋네요."

요새 다로는 친구에게 다가가면 양팔을 벌려 웃으면서 끌어안는다. 같은 반 엄마들은 그걸 보고 웃으면서 이야기를 나누지만, 나는 태평하게 웃을 수가 없다.

다로는 한 번 껴안으면 상대방에게서 떨어지지 않으려고 온 힘을 다하기 때문이다. 그렇게 어른이 억지로 떼어낼 때까지 상대를 놔주지 않았다. 아무리 사람에게 친근감을 느끼기 시작했다고 해도 갑자기 이렇게까지 표현하리라고는 꿈에도 생각하지 못했다.

다로는 몸무게가 12킬로그램밖에 되지 않은 작은 아이지만 온 체중을 실으면 다로보다 몸집이 좋은 아이들도 바닥에 엉덩방아를 찧고 말았다. 그 순간에도 다로는 친구의 배에 올라타 미소 지으면서 계속 끌어안았다.

결국에는 친구가 "놔! 하지 마!" 하며 화를 낸다.

다로는 그때까지 잘 지내던 음악 교실 친구들에게도, 길에서 만난 모르는 친구에게도 때와 장소를 가리지 않고 달려들었다. 사람들과 친해지고 싶은 마음이 생긴 것은 기쁜 일이지만 그 거리가 지나치게 가깝다.

"오늘도 여기저기서 친구들을 안기만 했어. 이러다가 다른 아이들을 다치게 할까 봐 겁나."

나는 아이들이 잠들고 나면 가끔 남편에게 하소연을 했다.

다로의 이런 문제 행동을 바로잡기 위해 끌어안기를 ABA 차원에서 분석해보기로 했다.

엄마라고 불러줘서 고마워

A(선행사건) : 모르는 친구가 자기 곁으로 왔다.

B(행동) : 친구를 안았다.

C(후속결과) : 친구가 하지 말라고 소리 지른다. 주변의 어른이 주의를 준다.

ABC를 비교해보면 문제 행동 전에는 없는데 사후에 나타나는 것이 친구가 싫어하는 반응과 어른들의 주목이었다.

C의 상황을 바꿀 수 있으면 이 문제 행동을 없앨 수 있을지도 모른다. 해결 방법은 찾았지만, 다로의 피해자들은 아직 말을 못하는 하나코나 어린아이들이다.

어떻게 할까?

포옹의 대상이 어른이라면 사정을 설명하면 된다. 다로가 끌어안더라도 무시하고 아무 반응을 보이지 말라고 부탁할 수 있겠지만, 아이들에겐 무리다. 더구나 친구의 배 위에 올라타는 위험한 행동을 하는데 그것을 보고도 모르는 척하는 어른은 없을 것이다.

그래서 끌어안는 행동을 악수로 바꾸는 등, 대체 행동을 강화하려고 시도해보았지만, 다로는 손을 잡으면 그대로 또 다른 손으로 끌어안곤 했다.

방법을 바꾸어 인형을 가지고 다로가 하는 행동을 재현해보기로 했다. 울트라맨이 곰 인형을 끌어안아 곰 인형이 쓰러지는 모습을 재현하면서 질문해본다.

"곰 인형은 지금 어떤 기분일까?"

"괴로워. 하지 말았으면 좋겠어."

다로는 심각한 얼굴로 대답한다.

"울트라맨이 어떻게 했으면 좋겠어?"

"끌어안지 말았어야 했어. 사과해야 해."

머리로는 어느 쪽이 나쁜지 잘 이해하는 것 같다. 하지만 자신이 울트라맨과 같은 짓을 하고 있으며 그래서는 안 된다는 데까지는 생각이 미치지 않는 것 같았다.

시각적으로 ✕ 표를 사용해서, 그렇게 하면 안 된다는 신호를 보내면 어떨까? 유치원 선생님들에게 협조를 구해 시도해보기로 했다.

손을 사용해 ✕ 자를 만들어 다로에게 신호를 보냈다. 처음에는 다소 효과가 있었지만 얼마 안 가서 오히려 ✕를 받는 걸 재미있어 해서 효과가 없어졌다.

전에는 말만 할 수 있으면 문제 행동이 줄어들 것이라고 생각

엄마라고 불러줘서 고마워

했었다. 하지만 말이 잘 통해도 그것만으로는 해결할 수 없는 문제 행동도 있었다.

보통 아이들도 친구를 끌어안는 아이가 있긴 한데, 조금 더 상황을 지켜봐야 하나 ……. 이렇게 고민하는 와중에 끌어안는 행동은 정도가 더 심해졌다. 급기야 넘어진 친구의 배에 올라타 웃으면서 양손으로 머리카락을 뽑으려는 듯 잡아당겼다.

다로의 이런 행동에 초조해진 나는 오랜만에 각지에서 개최되는 쓰미키 모임에 상담을 신청했다. 거기에서 문제 행동 대처법으로 '타임아웃'을 배웠다.

ABA를 잘 모르는 사람 중에는 이것이 체벌을 통해 아이를 가르치는 방법이라고 생각하는 이들도 있는데 분명히 말하지만 오해다. ABA는 기본적으로 키워나가고 싶은 행동을 강화하고, 하지 말았으면 하는 행동은 강화하지 않음으로써 없애는 방법이다. 나도 지금까지 그렇게 해서 다양한 문제를 해결해왔다. 그러나 이번에는 남에게 상처를 입힐 가능성이 있기 때문에 좀 더 단호한 대처 방안이 필요했다.

타임아웃은 문제 행동이 일어났을 때, 일정 시간 그 자리에서 행동을 제한하거나 방 한구석에 세워두어 활동을 제한하는 방법이다. 아이는 즐겁게 하던 행동을 잠시 제지당한다. 체벌이 아니기 때문에 오히려 안전하고 가벼운 벌이다.

유치원에는 타임아웃을 요청할 수 없었지만, 음악 교실이나 친구와 집에서 놀 때, 하나코와 놀다가 문제 행동을 미처 제지하지 못했을 때는 타임아웃을 하기로 했다.

"우아앙!"

아뿔싸! 부엌에서 일하다가 뒤돌아보니 다로가 하나코를 안은 채 방바닥에 쓰러져 하나코의 머리카락을 뜯고 있었다.

"안 돼!"

나는 짧고 단호하게 다로를 혼내고는 양손으로 안아 하나코에게서 떼어냈다. 그대로 육십 초 정도 마음속으로 세면서 세워두었다.

"놔줘! 엄마 제일 싫어!"

다로는 얼굴을 시뻘겋게 붉히고 화를 냈지만 불필요한 말은 하지 않고 묵묵히 타임아웃을 계속했다.

내 방법이 잘못되었나 보다. 이런 방법으로 일주일 정도 계속했는데, 하나코의 머리카락을 쥐어뜯으며 울리던 다로가 뜻밖의 행동을 하기 시작했다.

"나쁜 짓을 해도 이렇게 하면 되지요? 다로 혼자 할 거야"라고 말하며 벽을 향해 서서 타임아웃을 흉내 내기 시작했다.

다로는 조금만 참으면 어차피 원래대로 돌아갈 수 있다는 사실을 이미 간파한 것이다.

그러던 어느 날 제발 별일이 없기를 바라면서 음악 교실에 갔다. 아니다 다를까. 다로는 신 나게 춤을 추다가 흥분해서 친구에게 달려들어 배 위에 올라타고 말았다. 상대방 남자아이는 울면서 도움을 요청했다.

음악 교실은 여러 전철이 지나는 대형 역사 옆에 있었다. 다로는 집에 돌아갈 때면 전철이 지나가는 것을 보려고 했다. 그걸 매우 좋아했다.

"친구를 때렸으니까 전철은 안 볼 거야."

실은 좀 더 화를 내고 싶었지만, 너무 감정이 앞서지 않도록 꾹 참고 다로에게 담담하게 선언했다. 그리고는 그대로 차에 올라 베이비 시트를 잠갔다. 화가 난 다로는 뒤에서 내가 앉아 있는 운전석을 쿵쿵 발로 찼다. 결국 늘 들렀던 선로 옆에서 전철을 보지 못하고 차가 출발하자 "전철, 전철 보고 싶었는데" 하며 집에 다 올 때까지 울부짖었다.

일주일 후 다시 음악 교실에 가는 날이었다.

다로가 심각한 표정으로 "나, 오늘은 친구에게 달려들지 않을 거야. 착하게 굴어서 집에 갈 때 전철 볼래" 하고 말하는 것이 아닌가. 나는 무척 놀랐다. 지난주에 있었던 일을 아직 기억하고 있었던 것이다.

한 시간에 평균 열 번은 끌어안았는데 정말로 그만둘 수 있을까? 걱정 반 긴장 반의 심정으로 교실에 들어갔다. 그날 다로는 한 번도 친구에게 달려들지 않고 레슨을 받았다.

수업이 끝나자 나에게 달려와서 "엄마, 오늘 나는 못되게 안 굴었어" 하고 큰 소리로 자랑스러운 듯 말했다.

나는 "그래, 오늘은 한 번도 친구에게 달려들지 않았지. 멋있어, 우리 아들!" 하고 많이 칭찬해주고 역에 데려가서 전철이 세 번이나 지나갈 때까지 실컷 보여주었다.

다른 사람에게도 유쾌하고 불쾌한 감정이 있다는 사실을 다로가 진심으로 깨닫기까지는 아직 멀었는지도 모른다. 그래도 이 날을 계기로 넉 달 넘게 이어진 심각한 포옹 행동이 잠잠해져서 일단 안심했다.

해가 바뀌어 2011년이 시작되었다.

다로는 즐거운 분위기에서 네 살을 맞이했다.

가족이 다 함께 와자지껄하며 케이크를 만들고 축하해주었

엄마라고 불러줘서 고마워

다. 요즘 다로의 상태를 살펴보면 어디까지가 장애고 어디부터가 개성인지 잘 모르겠다.

"엄마 이 꽃 냄새 맡아봐. 굉장히 좋은 냄새가 나."

"응, 정말이네. 단 냄새가 나네."

"이 꽃 이름이 뭐야?"

"수선화란다."

"흠 ……. 수선화구나, 나 이거 마음에 들어."

그런 대화를 나누면서 산책했다. 문득 예전에 여기저기 직선만 보이면 바짝 눈을 갖다 대고 고개를 좌우로 흔들던 때가 떠올랐다.

울타리나 벽을 바라보고 걸으면 옆으로 흐르는 듯한 감각을 즐기는 것 같은 다로의 고개를 들게 하려고 노력했던 일, 길에 있는 신호등이나 세탁소, 자동판매기 등의 사진을 찍어서 카드를 만들고 명사를 가르쳤던 일 ……. 그런 것부터 시작했었다. 아는 사물의 이름이 늘어가고, 손가락으로 가리킬 수 있게 되자, 다로는 직선에 눈을 대는 행동은 점점 하지 않게 되었다.

또 세 살이 지나 시작한 《쓰미키 BOOK》을 통해서 '응', '아니'로 대답하는 긍정, 부정 표현을 익히자 고개를 흔드는 일도 급격히 줄어들었다.

특히 '아니'를 대답하기 전에 고개를 한 번만 흔들고서 정면에서 탁 멈추는 동작 모방을 연습시킨 결과, 고개 흔드는 것을 효과적으로 그만두게 할 수 있었다.

꽃 냄새를 즐길 수 있다니 많이 컸구나, 다로. 언어가 폭발적으로 발달하면서 마음에도 바람직한 변화가 일기 시작했다.

얼마 전에 정말 기쁜 일이 있었다.

주말에 A시에 있는 친정에 갔다가 B시의 집으로 돌아오는 길이었다.

"……. 좋다고 생각했어."

"뭐가 좋았어?"

다로가 갑자기 울기 시작해서 나는 핸들을 쥔 채 이렇게 물었다.

"할머니가 좋다고 생각했어."

나는 놀라서 다시 한 번 물었다.

"있잖아, 그건 할머니하고 바이바이해서 슬펐다는 얘기야?"

"응, 나는 할머니하고 더 있고 싶었단 말이야! 우아아앙……."

나는 다로에게 말을 걸면서 한 손으로 흐르는 눈물을 훔쳤다.

지금 다로의 마음이 움직이고 있다. 다로가 이렇게 애정을 분명히 표현한 것은 장애의 징후가 나타나기 시작한 한 살 이후로 처음 있는 일이었다.

며칠 후, 나는 다시 몸이 안 좋아졌다. 출산 후 병의 진행을 막으려고 여러 가지 약을 써보았지만, 데굴데굴 구르고 싶을 정도로 통증이 심한 날은 아무것도 할 수 없었다.

누워 있으려니 다로가 놀던 손을 멈추고 내게 다가오는 것이 아닌가?

"엄마, 왜 그래?"

"엄마, 아파서 몸이 안 좋아. 아파 죽겠어."

통증에 얼굴을 찡그리며 말하는 순간, 다로가 눈물을 머금고 이렇게 말했다.

"엄마, 다로가 우유 많이 마실 테니, 힘내." (우유를 마시면 내가 항상 기뻐하고 칭찬하기 때문에 자신이 마시면 엄마가 기운이 난다고 생각했는지도 모른다.)

"다로야, 고마워. 엄마를 걱정해주는구나. 다로가 걱정해줘서 엄마는 기쁘단다."

하나코도 어느새 다가와서 "차칸애, 차칸애(착한 애, 착한 애)" 하며 내 머리를 쓰다듬어주었다.

엄마라고 불러줘서 고마워

나는 몸을 좀 일으켜 두 아이를 끌어안았다.

다로는 원래 함께 자는 것을 싫어했다. 혼자서 빨리 잠드는 아이였지만 요즘은 어리광도 부린다.

다로가 이렇게 어리광을 부리게 된 것은 하나코가 태어난 다음부터다. 내 사랑을 독점할 수 없었던 탓인지도 모른다. 늘 내 뒤를 졸졸 따라다니며 안아달라고 조르고 어리광을 부리는 하나코에게 요즘은 라이벌 의식을 제법 느끼는 것 같다.

다행이다. 나는 드디어 다로에게 소중한 존재, 엄마로서 다시 한 번 인정받은 것 같다.

- 조사를 활용하여 문장으로 말하기

⇒ A4 크기의 종이에 조사가 들어가야 하는 예문 여러 개를 적는다. 한 문장을 한 줄에 길게 쓰는 것이 아니라 짧고 읽기 쉽게 세 줄로 나눈다. 예컨대 '엄마□ /사과□ /먹고 있다'를 적는다. '은', '는', '이', '가', '을', '를', '에'와 같은 조사 카드를 만들어 빈칸에 넣을 수 있게 준비한다. 처음에는 아이 손을 잡고 함께 정답 카드를 골라 빈칸에 놓는다. 문장이 완성되면 아이에게 처음부터 끝까지 읽게 한다. 조사 카드를 만들 때는 다양한 색종이를 활용해 아이가 흥미를 느끼게 한다.

- '비켜'라는 말에 대처하기

⇒ 아이를 책상 앞에 앉힌 다음, 등 뒤에서 '비켜!' 하고 말해서 아이가 의자를 이동하도록 유도한다. 몇 번씩 반복해서 연습한다.

- '당했다'는 말 하기

⇒ 아이와 전쟁놀이를 한다. 손을 권총 모양으로 만들어 '빵' 하고 상대방을 쏜다. 총에 맞은 사람은 맞은 부위를 손으로 누르고 '당했다!'라고 말하면서 넘어진다. 역할을 바꿔가며 반복해서 '당했다!'는 말을 익히게 한다.

- 남에게 도움 요청하는 말 하기

⇒ 아이가 쉽게 열지 못하는 밀폐 용기를 준비하고 그 안에 아이가 좋아하는 장난감 자동차를 넣어둔다. 아이에게 용기 안을 보여준 다음 재빨리 뚜껑을 닫는다. 그리고 아이에게 용기째 건네준다. 아이가 뚜껑을 열려고 소리치면 '어떻게 하면 돼?' 하고 엄마가 시범을 보이고 그 말을 따라 하게 한다. 잘 따라 하면 아이 손 위에 손을 포개고 뚜껑을 열어준다. 다른 놀이를 할 때도 아이가 어려움을 겪을 때마다 '어떻게 하면 돼?' 하고 말해서 따라 하게 한다.

- '왜?'라는 말 하기

⇒ 아이의 눈앞에서 장난감 케이크를 먹는 척한다. 그런 다음 케이크를 등 뒤로 숨기고 '케이크가 없어졌다'라고 말하고 아이에게 '왜?'라고 말하게 한다. 아이가 '왜?'라고 물으면 '다 먹었으니까'라고 웃으면서 대답한다. 역할을 바꿔가며 반복해서 연습한다.

- '혹시'와 '정답' 놀이하기

  ⇒ 천으로 만든 주머니를 준비한다. 주머니 안에 컵, 가위(다치지 않도록 테이프로 날 부분을 감는다), 소꿉장난용 찻잔, 바나나 등 모양이 두드러진 물건을 넣는다. 주머니를 묶고 아이에게 만지게 한 다음, 그 안에 무엇이 있는지 맞히게 한다. 처음에는 '바나나' 하는 식으로 간단하게 하다가, '혹시 …… 이것은 바나나?' 하고 엄마가 '혹시'를 넣은 문장으로 시범을 보인다. 그리고 아이가 답을 맞히면 '정답!'이라고 말하면서 주머니에서 그 물건을 꺼내 보여준다. 그렇게 문제를 내는 역할과 답을 맞히는 역할을 바꿔가며 놀이를 반복한다.

- '아직'과 '벌써' 구분하기

  ⇒ 투명 플라스틱 컵을 준비한다. 책상 위에 쟁반을 놓고 그 위에 컵을 놓는다. 앉아 있는 아이의 눈앞에서 컵에 물을 따르며 조금씩 넘치게 한다. 물이 넘치면 '넘쳤다' 하고 말하고 아이가 그 말을 따라 하게 한다. 엄마가 '어떻게 됐어?' 하고 물었을 때 '넘쳤어' 하고 스스로 말할 수 있게 되면 진짜 과제로 들어간다. 빈 컵에 물을 붓다가 넘치기 전에 손을 멈추고 '어때, 넘쳤어?' 하고 묻고 '아직'이라고 말하게 하는 것이다. 조금씩 따르면서 질문하고 대답하는 방식을 계속한다. '아직'을 익히고 나면 물을 더 부어 넘쳤을 때 '이제 넘쳤어' 하고 말하게 한다. 이 방법은 다른 일상생활에서도 활용할 수 있다. '이제 잘까?', '아직 밥 안 먹었어' 하는 식으로 다양한 상황에서 익숙해지게 한다.

- 자전거 타기

  ⇒ 자전거를 타지 못하는 아이에게 자전거 안장에 앉아 '이렇게 해'라고 말하면서 페달을 밟는 흉내를 내게 한다. 마치 페달을 밟는 것처럼 허벅지를 올려 크게 앞으로 한발 한발 내딛는 연습을 한다. 이렇게 발의 움직임을 연습한 다음에 자전거를 태운다.

끝내며

치료수첩 졸업

멈췄던 시간이
움직이기 시작하고

현재

"여보, 해냈어. 수고했어!"
"고마워. 하지만 나 혼자서는 여기까지 오지 못했을 거야.
다로도 열심히 했고 모두가 도와줘서 …….
두 해 전에는 너무나 괴로운 심정으로 여길 왔었지. 정말 꿈만 같아."
다로가 전혀 말을 못할 때는 다로가 입을 여는 꿈을 꾸고 잠에서 깨어 얼마나 울었던지.
하지만 오늘 일은 절대로 꿈이 아니야.

2 0 1 1 년 3 월 1 1 일 은 평생 잊을 수 없는 날이었다. 큰 피해를 낸 동일본대지진이 일어났기 때문이다. 그 후 두 달이 지난 5월에도 거의 매일 여진이 계속되고 있었다.

우리 부부는 다로를 데리고 두 해 만에 치료수첩을 다시 판정받으러 아동상담소를 방문했다.

"오늘은 뭐 하러 가?" 다로가 자동차 뒷자리에서 묻는다.

"오늘은 말이야, 다로가 얼마나 공부를 잘하게 되었는지 선생님이 보고 싶대."

"선생님 이름이 뭐야?" (다로는 요즘 사람의 이름을 알고 싶어 한다.)

"엄마도 몰라. 오늘 처음 만나는 사람이니까. 만나면 물어보자꾸나."

이렇게 오랜만에 오래된 건물 이 층으로 올라갔다.

검사가 시작되었다.

"이것과 같은 것은 어떤 거지?"

선생님은 다로에게 나무로 만든 도형 퍼즐을 주고 세 개의 쏙 들어간 판에 맞는 것을 끼워보라고 했다.

"이거요."

다로는 신이 나서 끼운다.

"어머나, 잘했네."

선생님은 검사용지에 연필로 뭔가 적으면서 계속 질문을 했다.

열 개 이상 나열된 바둑알을 세어 선생님에게 주는 것도 금방 할 수 있었다. 물건을 세는 것은 매일 ABA 치료에서도, 놀이에서도 연습했기 때문에 전혀 문제없었다. 가르치지 않은 것도 다로가 스스로 생각해서 대답할 때는 정말 기뻤다.

그 후 반대말이나 비슷한 점을 대답하는 언어 영역으로 옮겨갔다.

말로 주고받는 문제에는 그림 힌트가 전혀 없었다.

선생님 표정이 점점 부드러워진다. 간단한 문제에서 시작했는데 다로가 계속 대답을 잘하니까 과제 진도가 잘 나아갔다.

검사는 어느새 한 시간을 훌쩍 넘기고 있었다.

"도대체 어디까지 아는 걸까요? 조금만 더 해보지요."

선생님은 다시 문제지를 폈다.

이러한 발달검사에 이어 일상생활에 관한 질문도 받았다.

"다로 어머니, 이번에는 수첩이 안 나올지도 모르겠네요. 조금만 더 기다려주세요."

선생님은 분주히 문제집을 넘기면서 전자계산기로 계산했다.

"이번 검사는 다나카 비네식이라는 종류의 검사방식이었습니다. IQ 역시 높게 나왔어요. IQ 118입니다. 지금 다로는 51개월이지만 대략 60개월 초기의 지능이라는 결과가 나왔습니다. 이런 수준이면 B시 기준으로는 수첩을 발행해드릴 수 없습니다. 해당 사항이 없다는 얘기지요. 두 해 동안 많이 성장해서 정말 다행입니다. 축하한다고 말해도 되겠지요?"

"감사합니다. 지적장애는 이제 걱정하지 않아도 된다는 얘기입니까?"

"일단은 걱정 안 하셔도 됩니다. 대화도 잘 하고요. 아까 맨 마지막 문제는 70개월, 즉 여섯 살이 넘는 아이가 풀 수 있을 만한 문제였거든요. 바로 대답해서 내심 놀랐습니다."

"그렇군요. 마지막에는 굉장히 어려운 문제만 나온다고 생각 했습니다."

"이대로라면 충분히 초등학교도 보통 학급에서 수업을 받을 수 있을 거예요. 또 와달라고 하는 것도 이상하지만, 뭐든 의논할 게 있으면 언제든지 연락 주세요. 다로야, 몸 건강해라."

현관에서 선생님에게 인사를 한 다음 나는 자동차 문을 열고 운전석에 앉았다.

양손으로 핸들을 꼭 잡고 소리 내어 울었다. 다로를 뒷자리에 앉힌 남편이 조수석에 타고 나서 툭툭 내 어깨를 친다.

"여보, 해냈어. 수고했어!"

"고마워. 하지만 나 혼자서는 여기까지 오지 못했을 거야. 다로도 열심히 했고 모두가 도와줘서 ……. 두 해 전에는 너무나 괴로운 심정으로 여길 왔었지. 정말 꿈만 같아."

다로가 전혀 말을 못할 때는 다로가 입을 여는 꿈을 꾸고 잠에서 깨어 얼마나 울었는지.

하지만 오늘 일은 절대로 꿈이 아니야.

다로가 한마디라도 해주길 바라면서 가정에서 ABA 치료를

엄마라고 불러줘서 고마워

시작했다. 분노발작이 심해서 가족들의 마음까지 흩어져 힘들 때도 있었지만 이렇게 성장한 것을 실감하는 날이 올 줄이야 ······.

치료수첩을 졸업한 것은 기쁜 일이다. 하지만 동시에 걱정도 되었다.

다로가 앞으로 같은 또래 아이들 속에서 잘해나간다는 보장은 없다. 앞으로도 힘든 일이 많을지 모른다. 치료수첩이 없으면 사회의 보호는 줄어들 것이다.

그래도 지금 다로와 새로운 출발선에 선 느낌이 든다.

11월에 들어 다로는 57개월이 되었다.

지금도 매일 아침 한 시간은 ABA 치료 시간을 가진다. 기호나 글자를 기억하는 능력이 점점 좋아져서 지금은 초등학교 1학년 교과서 수준의 긴 문장을 줄줄 읽을 수 있고 책 읽는 것도 좋아한다.

한편으로는 아직 과제가 남아 있다. 5월의 치료수첩 재심사 때 지적받은 대로 손놀림이 아직 서투르다.

그래서 손놀림을 향상시키는 만들기 과제나 글씨 쓸 때 힘을 주는 연습 등 학교 입학을 대비한 과제에 집중하고 있다. 글씨 쓰는 것을 좋아하지 않는 다로의 의욕을 높이려고 여러 작전을 짰다.

예를 들면 이런 것이다.

산책할 때 길에 떨어진 나무 잎사귀를 여러 개 주워온다. 잎을 스케치북에 끼우고, 잎을 덮은 종이에 크레용으로 덧칠하게 한다. 힘을 주어 크레용을 칠하면 잎사귀의 윤곽이나 잎맥이 뚜렷하게 드러난다. 다로는 서로 다른 잎사귀가 내는 다채로운 무늬에 재미를 느껴, 손에 힘을 주고 크레용을 칠하게 되었다.

연필을 쥐는 손힘을 키우려고 손가락 끝이나 팔을 움직이는 연습에도 힘을 쏟고 있다.

싫증 내지 않도록 캐릭터가 달린 도시락용 플라스틱 이쑤시개도 샀다. 다로에게 고르라고 하고 엄지와 검지로 잡아 찰흙에 푹 찌르라고 지시한다.

종이를 삼각형이나 사각형으로 접어 얼굴을 그려 넣고 빨래집게를 엄지와 검지로 열어 고정시키는 놀이도 하고, 종이로 게나 사자를 접기도 한다.

요즘 다로는 학습 과제에 최종 목표를 요구하기 시작했다. 예를 들면 두꺼운 종이를 집게로 고정하는 기계적인 작업보다 자신이 뭔가를 해서 완성되는 것에 만족을 느껴 그것이 강화제가

엄마라고 불러줘서 고마워

되었다.

다로는 글씨를 쓸 때 팔을 잘 움직이지 못한다. 손목만으로 쓰려고 하니까 아무래도 글씨가 휘어진다.

손바닥으로 고무공을 쥐게 하고 책상 저편에서 바로 앞까지 하나, 둘, 셋 하고 횟수를 세면서 굴리게 했다. 이런 동작을 반복해서 하자, 조금씩 결과가 나타났다. 처음에는 6B 연필로 칠한 것도 희미하게 보였지만, 이처럼 작은 단위로 쪼개어 연습하니까 조금씩 진해졌다.

이젠 하나의 과제를 했을 때 재빨리 강화제를 주는 방식을 졸업했다. 공부하는 습관이 든 데다 칭찬받는 것만으로 좋아하게 되었기 때문이다. 다로 자신도 ABA 치료가 끝나면 미리 약속한 대로 좋아하는 놀이를 할 수 있으니까 그 시간을 고대하면서 열심히 하고 있다.

다로의 정서적인 성장도 눈부시다. 지난달부터 하나코에 대한 태도가 조금씩 달라졌다.

"하나코, 실내화 가져왔어."

유치원에서 집에 돌아올 때 신발장에서 하나코의 실내화를 가져다주는 광경을 종종 보았다. 처음에는 그런 정도였는데 다로가 하나코를 자진해서 돌봐주는 모습이 점점 늘었다.

밖에 나가면 "하나코, 위험하니까 오빠 손잡고 가자" 하고 꼭 동생의 손을 잡고 걷는다.

하나코가 윗도리 지퍼를 못 내려서 "하나코, 이거 못해" 하면 벗는 것을 도와주기도 한다.

"하나코, 더 먹고 싶니?"

"응, 더 먹을래."

"자, 내 간식 반 줄게."

요즘에는 과자도 하나코에게 나누어준다. 그래서 과자를 줄 때는 일부러 여러 개 주어 양보를 유도했다. 또 동생에게 양보하는 모습을 보이면 "다로도 많이 먹고 싶을 텐데 나누어주다니 착하구나" 하고 칭찬을 반복해서 해주었다.

그러자 다로는 점점 하나코에게 스스로 양보하게 되었다. 정말 기쁜 일이다.

"싸움도 자주 하지만, 사이좋은 남매가 되었네."

나와 남편은 아이들이 노는 모습을 지켜보며 흐뭇해한다.

학부모 모임에서 반 아이들이 배려하는 마음이 생겼다고 들은 지 한 해 반이 지났는데, 이제 다로에게도 그런 마음이 조금씩 싹트기 시작한 것 같다.

얼마 안 있으면 다로의 다섯 살 생일이다.

전에 발달 외래 검진을 갔을 때 PARS(PDD-Autism Society Japan Rating Scale, 일본 자폐증 협회 평정 척도) 검사를 받은 적 있다.

이는 전반적 발달장애의 정도를 조사해서 지원이 필요한지 평가하려는 것이다. 다로는 두 살 때 32점이었지만 네 살 후반에는 7점으로 내려가 크게 개선되었다(이것만으로 진단하는 것은 아니지만, 이 방법에서는 하나의 기준으로 9점 이상이 되면 전반적 발달장애 우려가 있다는 말이다).

이 수치가 나타내듯이 장애를 연상시키는 징후가 확실히 눈에 띄지 않았고 다로의 언행도 극히 자연스러워졌다. 전에는 기차 얘기만 했는데 지금은 흥미를 느끼는 대상이 물건에서 사람으로 넓어졌다.

유치원에서 좋아하는 여자아이도 생겼고, 가까운 사람들의 직업도 궁금한 모양이다.

"나, 이다음에 크면 가오리한테 반지 사줄 거야."

"뭐, 가오리한테 반지를?"

"응, 가오리는 예뻐서 좋아. 엄마, 가오리가 나하고 결혼해줄까?"

"글쎄, 해주면 좋겠네. 다음에 한번 물어보지 그러니?"

"알았어. 물어볼게. 그리고 있잖아, 나는 아빠처럼 일도 많이 할 거야."

"어머 그래? 어떤 일을 하고 싶은데?"

"나를 봐주시는 선생님 같은 의사 선생님이 될 거야."

"그래? 왜 의사 선생님이 되고 싶어?"

"음 ……. 왜냐하면 그 선생님은 주사도 안 놓고 멋있어."

가오리 이야기를 할 때면 다로는 늘 미소를 짓는다. 지난번에는 글씨 쓰는 것을 싫어하는 다로가 연애편지를 써서 가오리에게 수줍은 듯 건네주어서 놀랐다.

병원에서 다로를 봐주는 선생님도 굉장히 좋아한다.

"그렇구나, 장래 계획이 여러 가지라서 신 나겠구나. 의사 선생님이 되면 몸이 안 좋은 사람들을 많이 치료해줘야 해."

"와—이, 와—이 좋았어. 할 거야! 하나코, 여기 잠깐 앉아. 안녕하세요? 오늘은 어디가 아픕니까?"

"네. 여기요. 하나코 엄청 아파요."

다로가 좋아하는 병원놀이 세트를 꺼내와 하나코 환자를 상대로 의사놀이를 시작했다.

하나코가 자라는 걸 보면서는 다로와는 다른 신선함과 놀라움을 느낀다. 한때는 신체 발달이 더뎌 걱정했지만 한 살 후반에 걷기 시작했다. 언어 발달은 순조로워서 생후 9개월 때부터 말에 반응하고 29개월이 된 지금은 대화도 잘해서 다로의 좋은 놀이 상대이다.

이렇듯 다로는 크게 성장하고 있지만, 해결해야 할 과제도 있다.

지금까지 나는 다로가 성공을 경험하게 함으로써 그런 행동이 많이 일어나도록 이끌었다. 즉, 같은 실패를 잇달아 하지 않도록 주의했다. 이 방식은 표준적인 능력을 익히는 데는 매우 효과적인 것 같다.

하지만 늘 정답과 성공을 목표로 해온 탓에 다로는 실패하는 데는 익숙하지 않다. 어쩌면 자신이 실패할 수도 있다는 생각을 못 하는 것인지도 모른다. 그래서 그런지, 아니면 성격 때문인지, 다로는 늘 정답이나 성공을 원하는 경향이 강하다.

이런 문제는 평소에는 겉으로 드러나지 않지만, 게임에서 질 것 같을 때나 썩 잘하지 못하는 공놀이에서 드리블이 안 될 때 갑자기 튀어나온다.

처음부터 못할 것 같다고 스스로 단정해서 도전하기를 꺼릴

엄마라고 불러줘서 고마워

때도 있었고, 정답을 맞히지 못하면 속상해서 어쩔 줄 모르고 우는 일도 종종 있었다.

앞으로 여러 일이 있을 것이다. 친구와 승부를 겨룰 때 다로가 언제나 이길 수만은 없지 않은가?

지더라도 지나치게 억울해하지 않고 자신의 감정을 처리할 줄 아는 것, 한 번에 잘 안 되더라도 당황하지 않고 차분히 시도하는 것이 중요한 과제다.

또 흥미 있는 것에는 상당한 집중력을 보이는 반면 집중력이 쉽게 흐트러지는 점도 앞으로 어떻게 변할지 신경 쓰인다.

가령 지우개로 잘못된 곳을 지울 때 생기는 지우개 찌꺼기에 마음을 빼앗겨 다음 행동으로 바로 옮기지 못할 수도 있다. 눈앞에 있는 물건에 쉽게 자극을 받는 것 같다.

이렇게 부족한 능력을 보충하면서 다로가 좋아하는 일, 잘하는 면을 키워서 자신을 긍정하게 만들고 싶다.

학교에 들어가 또래 친구들과 잘 어울릴 수 있을까? 사춘기에 일어나는 다양한 문제를 극복할 수 있을까?

생각하면 할수록 걱정이 끝이 없다.

그래도 ......

아이들이 재잘대는 소리를 들으면서 다로가 두 살일 때 봉해놓았던 상자를 뜯어 그림 접시를 다시 벽에 걸고는 바라본다.

얼어붙은 운하에서 조용히 숨죽인 채 봄을 기다리는 배 세 척.

지금은 하나코가 태어나 네 식구가 되었으니 이제 이 그림을 봐도 두렵지 않다. 한동안 다로와 함께 얼어붙어 멈췄던 시간이 이제 움직이기 시작했고, 한 걸음 한 걸음 앞으로 나아가고 있으니까.

다로, 언젠가 엄마는 네게 말할 거야.

이 책에 쓴 것처럼 네가 온갖 어려움을 조금씩 극복해온 것을 ……. 만일 너 자신에 대해 아는 날이 와도 지금까지 그랬듯이 자신감을 품고 살아가기를 바란다.

너의 생명도 다른 사람의 생명도 소중히 여기렴.

그리고 부디 잊지 마라. 지금의 네가 있기까지 많은 사람이 손을 내밀어주었다는 것을 …….

주변 사람들의 따뜻한 마음을 아는 아이로 성장한다면 엄마는 더없이 기쁠 거야. *end.*

엄마라고 불러줘서 고마워

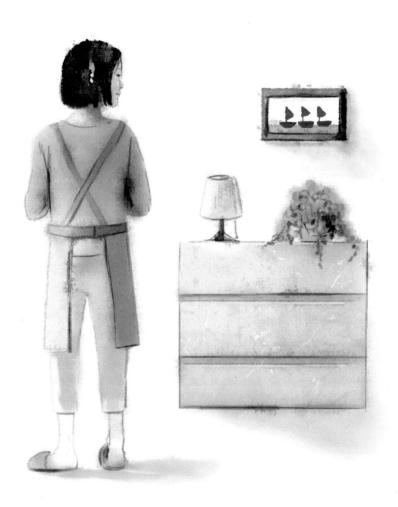

- **'수리'와 '체크'라는 말 이해하기**

  ⇒ 스케치북에 펜으로 구부러진 길을 그리고 군데군데 찢어둔다. 그 상태에서 아이에게 '체크해!'라고 말하고 손을 포개어 찢어진 곳에 빨간 펜으로 동그라미를 치게 한다. 그런 다음 "수리해!"라고 말하면서 셀로판테이프로 찢어진 곳에 붙이도록 도와준다. 길이 완성되면 보상으로 아이가 좋아하는 미니카를 골라서 그 길 위를 달리게 해준다.

- **다른 사람의 시선 쫓기**

  ⇒ 책상 위에 크기가 같은 상자 두 개를 놓고 한쪽에만 장난감 자동차를 넣어둔다. 아이와 책상을 사이에 두고 마주 앉는다. 소리로는 지시하지 않고 아이의 얼굴을 정면으로 보며 눈만 움직여서 아이에게 어느 쪽 상자에 장난감이 들어 있는지 힌트를 준다. 물론 처음에는 '촉구'가 필요하지만, 점점 도와주는 횟수를 줄여나간다.

  이 과제를 잘 해내면 책상을 떠나 방 어딘가에 상자를 숨기고 시선만으로 힌트를 주어 아이가 찾을 수 있게 한다. 이런 연습을 집 밖으로 확장해나간다. 예컨대 등·하원 길에 엄마의 시선을 의도적으로 어딘가에 두어 엄마가 무엇을 보고 있는지 아이가 쫓아올 수 있게 유도한다.

- **나쁜 행동 막기**

  ⇒ 인형으로 아이가 하는 행동을 재연한다. 예컨대 울트라맨이 곰 인형을 끌어안아 곰 인형이 쓰러지게 한 후 아이에게 '곰 인형은 지금 어떤 기분일까?'라고 묻는다. 아이가 '괴로워. 하지 말았으면 좋겠어' 하고 심각한 얼굴로 대답하면, 아이는 머리로는 무엇이 나쁜지 이해하는 것이다. 그런 후 손가락을 교차시켜 X 자를 만들어 아이에게 나쁜 행동이라는 신호를 보낸다.

  ⇒ 처음에는 조금 효과가 있다가 얼마 지나 오히려 X 자 받는 걸 재미있어하면, 문제 행동에 대처하는 방법으로 '타임아웃'을 시도한다. 타임아웃은 문제 행동이 일어났을 때, 일정 시간 그 자리에서 행동을 제한하거나 방 한구석에 세워두어 활동을 제한하는 방법이다. 아이는 즐겁게 하던 행동을 잠시 저지당하지만, 조금만 참으면 원래대로 돌아갈 수 있다는 사실을 간파하고 문제 행동을 고치지 않을 수 있다. 이때는 잘못하면 아이가 좋아하는 것을 못 하게 하고, 바람직한 행동을 하면 할 수 있게 해준다.

- 서투른 손놀림 향상시키기

⇒ 산책할 때 밖에서 여러 나무의 잎사귀를 주워 온다. 그것을 스케치북 사이에 끼우고 종이 위에 크레용으로 덧칠하게 한다. 힘을 주어 칠하면 잎사귀의 윤곽이나 잎맥이 뚜렷하게 드러나 아이가 흥미를 느낄 수 있다.

⇒ 끝에 여러 가지 캐릭터가 달린 도시락용 플라스틱 이쑤시개를 구입한다. 아이에게 어느 것을 쓸 것이지 고르게 하고 엄지와 검지로 잡아 찰흙에 찌르도록 한다.

⇒ 종이를 삼각형이나 사각형으로 접어 얼굴을 그려넣고 빨래집게를 엄지와 검지로 열어서 고정시키는 놀이를 한다.

⇒ 손바닥에 고무공을 쥐게 하고 책상 저편에서 바로 앞까지 하나, 둘, 셋 하고 횟수를 세면서 굴리는 동작을 반복하여 팔의 움직임을 연습시킨다. 이처럼 과제를 작은 단위로 쪼개어 연습하면 아이의 손힘이 세져 손놀림이 향상된다.

부모가 가정에서
ABA 치료할 때 유의사항

수많은 시련을 이겨내고 성장하여 언젠가 이 수기를 읽을 아들의 마음까지 배려한 어머니의 지극한 사랑에 깊은 감동을 받았다. 장애아 교육에 대해 어머니 관점에서 쓴 수기는 많이 나와 있다. 그러나 이 책은 아이가 자폐스펙트럼이라는 진단을 받고 나서 어머니가 자신의 지병을 무릅쓰고 가정에서 ABA 조기 치료법을 실천해 장애를 극복한 과정이 담겨 있다는 점에서 주목할 만하다. 이 책이 자폐아를 키우는 부모들에게 많은 용기와 희망을 줄 것이라고 믿는다.

미국에서 ABA 조기 치료 교육을 실시한 캐서린 모리스[Catherine Maurice]는 수기 《아이야, 소리를 들려다오 *Let Me Hear Your Voice*》

를 펴냈고, 이 책은 일본에서 1994년에 번역 출판되었다. 《엄마라고 불러줘서 고마워》는 그 책의 일본판이라고 해도 과언이 아니다. 당시 《아이야, 소리를 들려다오》는 자폐아를 둔 부모와 전문가 사이에 화제를 불러일으켰다. 하지만 당시만 해도 ABA를 이용한 자폐증 치료는 일부 개인 치료사나 대학 연구실에서 실시하던 터라 자세한 정보조차 구하기 어려웠다.

또한 모리스의 수기에 나오는 치료 효과에 대해 ABA 비전문가들은 '그 효과가 모두 ABA 때문만은 아니다'라는 평가를 내리기도 했다. 나 역시 그때 대학에서 ABA로 자폐아동을 치료하고 있었지만 임상심리학, 정신의학 전문가들은 ABA에 관해 한결같이 부정적인 반응을 보였다. 심지어는 ABA 치료를 받는 아이의 부모에게 '아이에게 해가 될 테니 하지 말라'고 하는 전문가까지 있었다.

그러나 인터넷이 보편화된 요즘에는 자폐아를 둔 부모 스스로 치료와 교육에 관한 정보를 손쉽게 찾을 수 있다. 또한 전문가를 거치지 않고도 다양한 최신 연구 성과를 손에 넣을 수 있다. 지금까지 나온 ABA의 많은 연구 성과도 부모들 사이에 서서히 알려지고 있다. 일본에서는 가정에서 하는 ABA를 지원하는 민간 비영리단체 쓰미키 모임이 설립되었고, ABA를 실시하는 기업과 ABA를 지지하는 의사나 교사도 늘었다. 이러한 시기에 이 책이 출판된 것은 더없이 반가운 일이다.

이 책의 앞부분에는 진단 전에 느낀 불안과 그것을 부정하려는 마음, 진단으로 인한 충격, 부부의 대응 방식 차이에서 오는 불화와 갈등, 둘째 아이 출산이나 치료수첩 취득, 사회 공공 기관에서 겪은 불안과 갈등이 잘 그려져 있다. 이러한 심리적 스트레스는 자폐증이나 발달장애 자녀를 둔 부모라면 누구나 공감할 만하다.

치료 교육에 대한 공적 지원 체제가 턱없이 부족한 현실에서 집에서 부모가 중심이 되어 ABA 치료 교육을 하는 것은 쉬운 일이 아니지만, 그래도 부모가 택할 수 있는 방법이 늘어난 것에는 큰 의의가 있다고 생각한다.

부모가 가정에서 ABA 치료를 할 때는 다음과 같은 세 가지 문제를 고려해야 한다.

첫 번째는 시간과 인적 자원의 문제다. ABA 치료를 하려면 장소도 확보해야 하고, ABA 치료를 실행할 시간과 무엇보다 전문가를 확보해야 한다. 어머니가 주체가 되어 한다 해도 집안일이나 육아를 함께 하면서 ABA 치료를 배워 실행한다는 것은 보통 일이 아니다. 그렇다고 ABA 치료사를 고용하면 경제적으로 부담이 된다.

또 부모 자신의 정신적인 스트레스나 건강 상태도 배려해야 한다. 이 책에도 든든한 협조자였던 남편과 갈등하는 장면이 나오지만, 아이의 성장이나 치료를 최우선으로 하고 싶다는 강한 의지가 오히려 가족 전체의 관계를 위협할 수도 있다.

일주일에 적어도 몇 시간 이상은 ABA 치료를 해야 한다는 강박에 짓눌리면 자신의 생활이나 정신적, 신체적 건강을 해칠 수도 있고, 늘 시간에 쫓기는 기분이 들 수도 있다. 이럴 때는 전문가나 멘토(조언자)가 도와주어야 한다.

두 번째는 전문성 확보다. 아무리 효과적인 치료 방식도 아이 상태에 맞게 재조정해야 한다. 스몰 스텝이나 과제 분석, 지시를

엄마라고 불러줘서 고마워

내리는 방법, '촉구'의 종류, 강화 방법 등 아이 각자의 발달 상태나 인지 특성에 맞춘다는 것은 전문가에게도 굉장히 어려운 일이다. 이 책의 저자는 '쓰미키 모임'의 선배 부모들로부터 많은 조언을 받았다. 그러나 무엇보다 저자 자신의 창의적인 아이디어와 공부가 이러한 어려움을 극복하는 원동력이 된 것 같다.

다로가 발작을 일으키거나 다른 아이들에게 달려드는 행동을 할 때 저자는 혼자서 타임아웃이라는 후속결과 중재를 중심으로 문제 행동을 없애고자 했다. 응원하는 마음 한편으로 전문가로서 '다로 어머니, 선행사건 중재나 대체행동 지도와 같은 방법도 있어요!' 하고 조언해주고 싶었다.

가정에서 발생한 문제 행동 때문에 부모도 어떻게 해야 할지 난감한 경우가 많다. 그런 어려움이 있을 때는 전문가들로부터 객관적인 입장에서 적절한 조언이나 상담을 받을 수 있는 체제

마련이 무엇보다 시급하다.

마지막으로 주변 사람들의 이해와 협력이다. 어쩌면 가장 어려운 부분이 아닐까 한다. 가족은 가장 소중한 협력자이다. 이 책에 등장하는 친정 부모님이나 의사와 유치원 교사들의 이해와 협력도 다로를 치료하는 데 절대적인 도움이 되었다.

하지만 저자가 다로의 발작을 제지하려는 장면에서 다로의 할머니가 저자에게 던진 말처럼, 행동과학적으로 올바른 육아 방식도 상식적이지 않다고 간주될 수 있다. 부모 자신도 확신이 서지 않은 상태에서 다른 가족이나 사람들에게 ABA의 원리와 내용을 설명한다는 것은 여간 어려운 일이 아니다.

그런 측면에서 ABA나 조기 치료를 하는 부모에 대해 '자녀의 장애를 수용하지 못한다'고 비판하는 전문가도 있다. 하지만 이

엄마라고 불러줘서 고마워

책을 통해서도 알 수 있듯이 조기 치료에 임하는 부모는 항상 '보통'을 목표로 한다. 장애를 부정하는 것이 아니라 다른 자폐아의 부모와 마찬가지로 아이의 성장을 바라고, 아이에게 조금이라도 도움이 될 일을 하는 것뿐이다.

치료와 교육에 시간을 얼마나 투자할 수 있는지, 아이가 얼마나 많은 과제를 해낼 수 있는지 너무 신경 쓰지 않아도 된다. 완벽한 ABA 치료사가 될 필요는 없다. 때로는 칭찬을 제대로 못 해주거나, 한동안 아이를 가르치지 못할 때도 있을 것이다. 부모 역시 인간이기 때문이다. 대신 그때밖에 가질 수 없는 아이와의 소중한 시간을 즐기자. 부모 자신의 여가 시간도 가지고 많이 웃어서 최대한 스트레스를 줄여야 한다.

앞으로 다로와 하나코가 어떻게 자랄지, 자녀가 성장하는 모습을 바라보는 부모의 마음은 어떨지 궁금하다. 그런 이야기들을 언젠가 다시 들을 수 있기를 고대한다. 마지막으로 육아와 지병으로 고생하면서 이 책을 저술한 저자에게 '위대한 어머니!'라는 말로 깊은 경의와 응원을 보낸다.

이노우에 마사히코
돗토리 대학 의과대 교수

장애를 가진 아이를 둔 부모에게
값진 희망을 나눠주다

겉으로 보기에는 멀쩡한데 정신세계는 바깥세상과 단절된 자폐아.

자식이 자폐아 판정을 받은 순간 부모는 평생 그 자식을 안고 가야 한다는 생각이 든다. 하루에도 수없이 반복되는 아찔한 순간들로 인해 부모의 몸과 마음은 녹초가 되어가지만 자폐아를 바라보는 세상의 시선조차 녹록지 않은 것 또한 현실이다. 그 때문에 자폐아를 둔 부모는 '자식보다 먼저 세상을 등지는 것이 가장 두렵다'고들 한다.

이 책은 자폐증 진단을 받은 어린 아들을 가정에서 응용행동분석(ABA)으로 치료해서 중등 지적장애 상태에서 평범하게 대화할 수 있는 상태로 성장시킨 저자의 기록을 담은 살아 있는 체험담이자 감동의 서사시다.

사회복지가 발달한 일본에서도 자폐아 개개인의 장애 정도에 맞는 교육 시설을 찾을 수 없었던 저자의 절망감이나 정부나 사회복지기관에 대한 메시지, 그리고 특수교육을 담당하는 교사들에 대한 솔직한 속내들은 우리에게도 시사하는 바가 크다.

냉혹한 현실 속에서 지푸라기라도 잡는 심정으로 ABA라는 생소한 치료법에 승부를 건 어머니. 아이의 성장과 함께 시행착오도 겪지만 결코 희망을 버리지 않았다. 그 과정에서 가족들 사이의 갈등, 남편과의 이혼 위기, 자살 소동, 지병으로 인한 고통 등 인간으로서 감당하기 힘든 어려움도 겪어야 했다.

그러나 저자는 더할 나위 없이 현명한 어머니였다. 어머니와 가족이 쉼 없이 연구하고 노력을 쏟은 결과, ABA의 성과는 드디어 빛을 발했다. 다로가 오랜 침묵을 깨고 그토록 기다리던 말문을 연 것이다. 기적 같은 일을 해낸 어머니의 사랑의 힘이 아닐 수 없다.

　장애를 가진 아이를 둔 부모들에게 참으로 값진 희망을 나눠 주는 이 책을 통해 자폐아에 대한 사회의 이해도가 높아지고 차별 의식도 개선되기를 바라는 마음이 간절하다.

2014년 8월
황혜숙

부록

· ABA란 무엇인가?
· ABA 치료 성공 사례

아이가 '스스로 배우는 법'을
배우도록 돕는다

박미성
미국 행동분석전문가, 한국행동수정연구소 치료실장

ABA란 Applied Behavior Analysis의 약자로 '응용행동분석'
이라고 한다. 좀 더 설명하면 "사회적으로 중요한 행동을 효율
적으로 습득하거나 관리하기 위해 인간의 행동을 분석하고 과
학에 기반을 둔 학습원리와 행동의 원리로부터 도출된 방법을
체계적으로 적용하는 학문"이다.

ABA의 이전 단계인 1950년대 스키너(B. F. Skinner)의 행
동주의가 인간에게 확대되어 인간의 행동을 분석하는 학문으
로 발달하면서, 실험실에 머물던 행동분석(EAB, Experimental
Analysis of Behavior)이 인간에게 적용(Applied)되기 시작했다.

ABA는 모든 인간에게 적용할 수 있지만 특히 자폐와 같은

엄마라고 불러줘서 고마워

발달장애의 치료에 큰 효과가 있다는 사실이 1987년 UCLA (University of California, Los Angeles) 대학의 로바스(I. Lovaas) 박사에 의한 연구결과가 발표되면서 본격적으로 알려지기 시작했다. 그는 독립시행교수(DTT, Discrete Trial Training)라는 ABA의 기법을 통해 열아홉 명의 자폐 아동을 집중적으로 치료하여 그중 절반의 아동이 별다른 보조 없이도 일반아동과 더불어 생활할 수 있음을 보여주었다. 이 연구결과는 사회적으로도 큰 반향을 불러일으켜 ABA를 더욱 발전시키는 계기가 되었고 현재는 자폐 치료와 교육의 바탕이자 기본으로 자리 잡았다.

미국의 경우 부시 행정부 시절인 2001년 제정된 '낙오방지법 (NCLB, No Child Left Behind)' 지침에서 특수교육에 사용하는 교수법으로 그 효과가 과학적으로 검증된 것만을 쓰도록 명문화하면서, 교육현장에서도 연구에 의해 입증된 효과적인 방법론에 대해 관심을 두게 되었다. 2004년에는 미국 장애인교육법(IDEA, Individual with Disabilities Education Act) 조항에 과학적으로 검증된 연구에 기반을 둔 교수 방법을 개발할 것을 넣음으로써 특수교육에서 증거 기반의 실제(EBP, Evidence-Based Practices)에 대한 기준을 정립하게 되었다.

최근 시행된 자폐 장애 치료의 증거기반의 실제에 대한 연구 (Odom et al., 2014)에서 수만 편의 논문을 분석하고 그 중 과학적인 증거 기반을 지닌 효과적인 중재 방법만을 선별한 결과, 최종 선별된 프로그램들은 모두 한결같이 ABA를 기반으로 한 것이었다.

좀 더 구체적으로, ABA란 무엇인가?

자폐에 대한 ABA의 효과를 보다 직접적으로 나타내는 말은 아마 "ABA는 아이가 '스스로 배우는 법'을 배울 수 있도록 도와준다"라는 문장일 것이다. ABA는 모든 과제를 아이 스스로 통제할 수 있을 정도로 잘게 나누어 학습시키고, 아이의 습득 속도에 따라 도움의 손길을 점차 줄이면서 아이들이 혼자 힘으로 배울 수 있게 하는 매우 체계적이고 구조화된 방법이다.

이 방법을 적용하는 데 있어 성공의 핵심은 '강화'에 있다. 아동을 상대하는 모든 사람이 일관적으로 아동의 바람직한 행동은 강화(보상)하고 반대로 부적절한 행동을 할 경우엔 이를 무시하거나 다른 행동으로 대체시킨다.

ABA를 이용하면, 비명을 지르고 물건을 던지는 문제행동을 수정하거나 장난감을 적절하게 갖고 노는 법, 언어를 사용한 의사소통, 나이에 적합한 사회적 상호작용 등 사실상 모든 행동을 학습시킬 수 있다. 물론 개인차에 따라 중재 결과에도 편차는 존재한다. 이러한 개인차는 선천적인 잠재력의 차이일 수도 있고, 교사마다 교수 방법의 차이일 수도 있으며, 그 외에도 여전히 알 수 없는 다양한 변수에 의한 것일 수도 있다.

그래서 ABA 치료에서는 치료사가 아이의 학습 과정 내내 데이터를 기록하고 이 데이터에 따라 아이의 발달상황을 파악하여 학습프로그램과 치료계획을 끊임없이 개발하고 수정한다. 면밀한 모니터링만이 행동 중재 프로그램이 제대로 작동하는지를 파악하는 방법이기 때문이다.

ABA는 어떻게 하면 아이들이 자신의 주변 세계에 관심을 두

---

1) Odom et al., (2014) Evidence-Based Practices for Children, Youth, and Young Adults with Autism Spectrum Disorder; Odom et al., (2010) Evaluation of Comprehensive Treatment Models for Individuals with Autism Spectrum Disorders, Journal of Autism and Developmental Disorders, 40; 425-436.

고 다른 사람과 소통할 수 있을지, 그 도움의 방법을 고민하는 학문이다. 그래서 아이들이 스스로 배우는 법을 터득해감에 따라 아이들이 정해진 틀에서 벗어나 자발적으로 주변으로부터 많은 것을 스스로 배울 수 있도록 하고, 궁극적으로는 학교나 가정과 같은 일반 환경에서도 자연스럽게 배움을 지속하게 하여 성인기가 되어서는 사회의 일원으로 생활해 나갈 수 있게 하는 것이 ABA의 최종적인 목표이다. 그것이 ABA가 '사회적으로 중요한 행동'을 습득하거나 관리하도록 가르치는 이유이다.

자폐란 평생 지속될 가능성이 높은 장애이므로 그 치료의 방향은 완치가 아닌 개인이 지닌 각자의 기능을 최대한 발휘하도록 도와주는 것이어야 한다. 그러므로 자폐 치료란 이들의 삶을 에워싸고 있는 모든 사람이 함께 노력하는 것이어야 하며, 이 것이 가능하다면 자폐인도 일반인들과 어울려 사회의 일원으로 생활하는 것이 꼭 불가능하지만은 않다.

ABA가 만병통치약은 아니지만, 이 명제를 뒷받침할 만한 가 장 구조적이면서도 전문적인 이론과 실전 기술이 충족된 중재 방법이 바로 ABA가 아닌가 한다.

오히려 자양분이 된
첫 시행착오

오미희(가명. 성남시 분당구)

아이에게서 막연한 불안감을 느낀 것은 첫 돌이 지날 무렵이었다. 그때까지 활발하던 눈 맞춤과 옹알이가 외려 줄어들기 시작했다. 그러다 결국 39개월 때 재민(가명, 5세)이는 전반적 발달장애, 자폐 진단을 받았다. 이즈음 재민이의 상태는 이따금 옹알이를 할 뿐 한마디의 말을 하지도, 알아듣지도 못했다. 음식에 관심이 없고, 수저나 포크도 거부해 손으로 밥을 먹이는 일이 다반사였다. 부모에 대한 애착은 매우 강해서 엄마, 아빠와 떨어지는 순간 극도의 불안증을 보여 어린이집이나 유치원 입학은 엄두도 내지 못했다.

아이의 상태를 마냥 지켜볼 수 없었던 우리 부부는 적극적으로 정보 수집에 나서 ABA 치료를 접하게 되었다. 바로 ABA 교육기관의 조기 교실 참여와 가정방문 ABA 치료를 병행했다. 그러나 재민이는 조기 교실에서 엄마와 떨어져야 한다는 불안감으로 상태가 더욱 악화했을 뿐 나아질 기미라곤 조금도 보이지 않았다. 우리는 결국 애착 형성이 잘 되었던 ABA 치료사께 조기 교실 오픈을 부탁할 수밖에 없었다.

첫 시행착오는 오히려 재민이를 키우는 자양분이 되었다. 어떠한 것을 배우거나 개선하는 것보다 ABA 치료사와의 애착 형성이 반드시 선행되어야 함을 깨닫게 된 것이다. 그러자 재민이는 수업하기 위해 엄마와 떨어지는 순간이 엄마와 영원히 헤어지는 것이 아니며, 다시 만난다는 사실을 큰 불안감 없이 터득하게 되었다. 그러면서 수업은 책상에 앉아서 한다는 규칙 역시 차츰 자연스럽게 잘 형성되었다.

이제 재민이는 이름을 부르면 쳐다보는 횟수가 늘고, 엄마와 손을 잡고 걷는 시간도 늘었으며, 책상에 앉아 오십 분짜리 수업도 거뜬히 해낼 수 있게 되었다. 뿐만 아니라 수저로 혼자 먹는 연습을 시작했으며, 간단한 지시 따르기와 모방이 가능해졌다. 눈을 맞추고, 먹고, 말하고, 걷고 하는 일상생활의 사소한 모든 것을 한 가지씩 다 배워야 하지만 앞으로 재민이는 짐작도 할 수 없을 만큼 많은 가능성을 내비칠 것이란 희망을 품어본다. 아이가 잘하도록 유도하고 칭찬해주며, 오로지 아이의 상태에 맞게 적용하는 ABA 치료와 함께라면 말이다.

시작은 긍정적 마음가짐에서부터

임희선(가명, 안양시 동안구)

대개 아이가 어린이집에 다니기 시작하면 엄마는 잠시 숨을 돌리지만 우리 집은 도리어 걱정이 늘었다. 승우(5세)와의 눈 맞춤이 점차 줄어들고 언어 표현에서도 퇴행을 보였기 때문이다. 더욱이 소리에 극도로 예민해서 음악 소리는 물론 전기밥솥의 증기 배출 소리에까지 발작적 반응을 보였다. 반면 통각은 심하게 무뎌져서 넘어지거나 무거운 책이 발에 떨어져도, 심지어 뜨거운 물에 데어도 울 줄을 몰랐다. 결국 36개월에 정식 자폐 진단을 받으면서 ABA 치료를 시작했다.

승우의 문제는 뭔가를 하고자 하는 욕구가 매우 강하다는 점이었다. 하고 싶은 것이 정확히 뭔지 말로 표현하지 못하면서 욕구가 충족되지 않으면 울고 떼를 썼다. ABA 치료는 그런 면에서 엄정했다. '올바른 행동에는 즉각적인 강화를 주고, 부적절한 행동에는 소거를 한다'는 것에 충실했기 때문이다. 처음에 승우는 자꾸 자리를 이탈하고 과제를 던지는 등의 회피행동을 보였다. 그러나 원하는 강화제를 PECS(그림 교환 의사소통 체계) 그림판에 붙이고 과제에 성공하면 토큰으로 강화제를 교환하는 방식으로 몰입도를 높여나갔다. 또 자리 이탈을 막기 위해 '쉬고 싶어요' 카드를 도입해 선생님께 허락을 구하고 자리 비우기를 허용함으로써 상호작용을 높이고 떼쓰기와 회피행동을 줄여나갔다.

나 역시 ABA 부모교실에서 배운 내용을 남편에게 전달하고 함께 아이디어를 짜서 주말 동안 최대한 다양한 환경에서 실습하였다. 이를테면 차례 지키기, 기다리기 등의 사회 규칙과 원하는 것을 떼쓰지 않고 언어 혹은 그림카드로 적절히 표현하기 등의 대체행동을 끊임없이 가르치며 문제 행동에 대처하는 능력들을 키워나갔다.

이제 승우는 문제행동이 확연히 줄고 동작 모방이 늘면서 놀이를 즐기고, 언어 모방이 진전돼 상호작용의 질이 높아졌다. 치료실 밖에서도 효과를 기대할 정도로 말이다. 아이의 발달 장애 때문에 두려워하는 부모에게 ABA 치료를 적극 권한다. ABA 치료로 아이를 바라보면 눈앞의 문제 행동에 의연해지고, 보이지 않던 아이의 장점이 도드라지면서 긍정의 마음가짐이 시작될 것이다.

희망을 보여준 ABA 치료

홍승혜(가명, 서울시 서초구)

처음으로 진우(가명, 5세)가 이상하다고 생각한 때는 15개월쯤이었다. 이름을 불러도 잘 쳐다보지 않았고, 웃으며 다가가도 같이 웃지 않았다. 이후 백화점 문화센터를 다니면서 다른 아이들과 확연히 차이가 난다는 것을 알았다. 수업 시간에 집중하지 못하는 것은 물론 지시를 전혀 따르지 않았고, 주변 사물에만 관심을 가지고 탐색하거나 급기야 교실 문을 열고 도망치는 바람에 미처 신발을 신지 못하고 쫓아가기도 했다.

28개월에 자폐스펙트럼 진단과 함께 ABA 치료를 시작했다. 그때 진우가 할 수 있는 말은 고작 "엄마", "물" 두 단어뿐이었다. 무릇 엄마라면 아이가 말하지 않아도 무엇을 원하는지 알 수 있듯이 나도 진우가 요구하지 않아도 목이 마를 때쯤 물을 먹였고, 사과가 먹고 싶은 눈치면 바로 사과를 먹였다. 그런데 ABA 치료사는 이런 방식으로 음식을 주면 진우가 말할 필요성을 계속 느끼지 못할 것이라고 했다. 진우가 먹고 싶어 할 때쯤 진우의 시선이 닿는 곳에 사과를 두고 그걸 집으려고 다가오는 순간, "사과"라고 가르쳐 진우가 비슷하게라도 말 할 때 사과를 주라고 했다. 그러나 나는 말도 못하는 진우에게 힘든 일이 아닐까 생각해 ABA 치료사가 가르쳐준 방법을 하지 않고 있었다.

어느 날, "빵"이라는 선명한 목소리에 나는 소스라치게 놀라고 말았다. 빵을 먹고 있던 나를 보고 진우가 빵이라고 말했던 것이다. 순간 ABA 치료사의 말이 뇌리를 스치고 지나갔다. ABA 치료사가 가르쳐준 방법을 하기 시작하면서 진우는 요구할 때마다 단어를 배웠고, 눈에 띄게 언어가 발전했다.

ABA 치료 덕분에 진우는 놀이터에서도, 쇼핑센터 계산대에서도 순서를 기다릴 줄 알게 되었다. 더는 길바닥에 드러눕지도 않고, 원하는 것은 포인팅이나 말로 언제든지 요구하고 감정표현까지 할 줄 아는 아이로 성장하고 있다.

지금은 진우를 데리고 외출하는 것이 두렵지 않다. ABA 치료를 만나지 않았더라면 나와 진우는 아직도 힘든 일상을 반복하며 살았을 것이다. 우리는 두 해째 ABA 치료를 하고 있다. 나는 ABA 치료를 통해 자폐도 치료될 수 있다는 희망을 보았다. 자폐 아동을 둔 부모들에게 무엇보다도 ABA 치료를 권한다.

더디지만
조금씩 발전하는 아이

김혜영(성남시 분당구)

임신 12주 만에 진통을 시작해 출산할 때까지 병원 신세를 지며 배 속에 있을 때부터 애를 태운 수겸(6세)이었다. 그래도 생후 12개월까지 이렇다 할 이상 징후 없이 잘 자라자 내심 안도의 숨을 쉬기도 했다. 그러나 돌이 지나면서 점점 퇴행 현상을 보이더니 18개월경부터는 아예 말문을 닫았다. 불러도 대답이 없고, 눈 맞춤이 안 되고 까치발로 걷는 등 전형적인 자폐 증세가 나타났다. 또 혼자서 빙글빙글 돌거나 혼자 웃고 우는 등 감정 기복도 심했다.

24개월에 시행한 검사 결과, 대근육을 제외한 모든 영역에서 발달지연과 자폐 진단을 받았다. 곧바로 언어치료, 감각통합치료, 놀이치료를 시작했다. 다른 엄마들처럼 나 역시 처음에는 여러 치료학 관련 책을 찾았다. 그러다가 응용행동분석 이론을 접하고는 아예 대구사이버대학 행동치료학과에 입학해 공부를 시작했다. 그러나 수겸이는 병원 치료를 받고도 별 효과가 없어서 36개월부터는 ABA 치료를 시작했다.

처음에는 거부감이 강해 수업 시간 내내 우는 날이 많았다. 평소보다 심하게 우는 날이면 과연 이 수업이 효과가 있을까 싶어 반신반의

하기도 했다. 하지만 수업에 참여하며 그 과정을 지켜보자 아주 느리게나마 수겸이가 변화하는 모습을 발견할 수 있었다.

ABA 치료는 처음부터 눈 맞춤과 모방하기를 반복 훈련한다. 또한 하나의 행동을 가르치거나 하나의 과제를 완성하기 위해 목표 과제를 작은 단위로 쪼개고 쪼개어(DTT, 개별분리시도) 아이가 한 단위 한 단위를 익히도록 한다.

그러자 정말 아무것도 못 하는 백지상태 같았던 수겸이가 눈 맞춤과 모방을 하기 시작했다. 불러도 반응이 없던 수겸이가 내 앞에 서 있고, 오로지 울음으로만 말하던 아이가 PECS를 통해 그림으로 자신의 의사를 표현하였다. 이 모든 것이 ABA 치료를 하면서 만난 발전의 기쁨이었다.

현재 자폐성 장애 1급을 받은 수겸이지만 언젠가는 언어 모방을 통해 말도 배울 것이라 믿는다. 누구라도 아이에게 확신을 갖고 기다린다면 더디더라도 반드시 발전하는 아이를 만날 것이다.

✿ 자폐증 아들을 위해 다로 엄마가 활용한 치료 규칙 ✿

1. 아이를 유치원에 보내는 오전에는 체력과 기력을 비축했다가 오후에 ABA 치료 할 때 전력투구하기

2. 규칙적인 생활습관을 들이기 위해 매일 같은 시간대에 ABA 치료 실시하기
   ⇒ 시간은 어디까지나 기준일 뿐, 시간에 연연하지 말고 질적인 치료를 추구한다.
   ⇒ 식사 때 기분이 나빠져 음식을 집어던지거나 의자에서 뛰어내리는 등 분노발작을 완화시키기 위해 식사 전후 한 시간 정도 ABA 치료를 한다.

3. 가족의 협력을 얻어 ABA 치료를 일상생활화하기
   ⇒ 배운 내용을 다른 상황에도 응용하도록 힘쓴다.

4. 집안일은 가족이 분담하기
   ⇒ 아이가 유치원에 가 있는 시간이나 잠든 시간에 한다.
   ⇒ 가족 중 누군가가 늘 아이 곁을 지킨다.

5. 집과 유치원의 교육 방식 차이를 줄이기 위해 담임선생님과 긴밀한 연락 취하기
   ⇒ 집에서도 유치원에서도 ABA 치료 방식을 통일한다.

6. ABA 치료 할 때는 아이의 주의를 분산시키는 물건이 없는 간결한 방에서 하기

7. 아이가 치료를 거부할 때는 억지로라도 책상에 앉히고 강화제 주기

8. 강화제는 아이가 과제를 완수하고 나서 일 초 이내에 주기
   ⇒ 보상은 아이가 가장 좋아하는 것으로 준다.
   ⇒ 평소에 주는 음식과 보상으로 주는 과자를 구분해 주어야 효과적이다.
   ⇒ 쿠키는 5mm 조각으로, 딸기는 1cm 정도로 잘게 잘라서 준다. 음식이 너무 크면 금방 배가 부르고, 먹는 데 시간도 많이 걸린다.
   ⇒ 아이가 좋아하는 강화제를 찾으려면 저렴하고 다양한 물건을 파는 매장에 가서 아이가 마음대로 물건을 고르게 한 후, 그 물건을 구입한다.

9. 물건은 일단 주었다가 몇 초 후에 다시 찾아오기

   ⇒ 이때 강제로 뺏으려 하지 말고 아이의 손목을 살짝 잡고 다른 한 손으로 조용하고 신속하게 회수한다.

10. ABA 치료 할 때는 아이에게 되도록 간단하고 이해하기 쉽게 말하기

   ⇒ 계속 이름을 부르거나 중간중간 불필요한 말을 걸지 않는다.

11. 칭찬하는 말은 가족 모두 하나의 말로 통일해 사용하기

   ⇒ 칭찬할 때는 표정을 해바라기가 활짝 피는 듯한 미소로 과장해서 칭찬한다. 단, 손뼉을 치면서 칭찬하면 자칫 아이가 놀랄 수도 있다.

12. ABA 치료 할 때 아이가 어떤 반응을 했는지 꼼꼼히 기록하고 다음에 어떻게 하면 좋을지 검토하기

13. 엄마 자신이 무턱대고 아이를 야단치거나 무리한 일을 시키지 않도록 감정 조절하기

14. 끈기 있게 하루에도 몇 번씩 반복해서 다시 가르치기

   ⇒ ABA 치료로 배운 말을 아이가 평소에 언제 쓸 수 있을지, 혹은 어떤 놀이에 응용할 수 있을지 항상 연구한다.

15. 목표를 너무 높게 세우지 말고 매일 조금씩 성장하기

자폐증 아들을 ABA로 치료한
엄마의 감동 실화

엄마라고 불러줘서 고마워

초판 1쇄 발행 2016년 11월 1일
초판 3쇄 발행 2019년 8월 12일

지은이 스기모토 미카
옮긴이 황혜숙
감수 한상민, 박미성
펴낸이 정용수

사업총괄 장충상 본부장 홍서진
편집주간 조민호 편집장 유승현
편집 조문채 디자인 서은영
영업·마케팅 윤석오 우지영
제작 김동명
관리 윤지연

펴낸곳 ㈜예문아카이브
출판등록 2016년 8월 8일 제2016-000240호
주소 서울시 마포구 동교로18길 10 2층(서교동 465-4)
문의전화 02-2038-3372 주문전화 031-955-0550 팩스 031-955-0660
이메일 archive.rights@gmail.com 홈페이지 ymarchive.com
블로그 blog.naver.com/yeamoonsa3 페이스북 facebook.com/yeamoonsa

한국어판 출판권 ⓒ ㈜예문아카이브, 2016
ISBN 979-11-958741-8-7 03830